Touch the world,
It's so EZ.

Touch the world,
It's so EZ.

新韓檢初級 TOPIK1 字彙

裴英姬／著

30天搶分王！

千里之行，始於足下

還記得當年，聽到只學不到三個月的學生們——剛學完子母音，念一個韓文單字都還需要花點時間——全班居然報名了當年的檢定考試，感覺相當慌張。

通常，每週上一次三小時的韓文班，大約一年半，即可學到1000字左右的韓文單字，並具備可以期待參加初級檢定考試的實力。只要肯下功夫多背500至800個單字，就可以期待順利通過初級2級。對我這群基礎班學生來說，準備考試的時間只剩下兩個半月，我能做的就是，告訴他們最常考的單字或句型是什麼，然後讓學生大量背單字。這本書就是在那個時候整理出來的。

幸好，我已經有十年TOPIK考試的輔考經驗，手上有整理出每回考古題的單字，為考生精煉關鍵初級單字1200個。Part1整理出考過50次以上，甚至出現2000多次的單字400個，依初級一定會考的題型，按名詞、動詞、形容詞、副詞順序複習，不必擔心遺漏重要單字；Part2是依據考試題型，將Part1沒有列出的600個重要單字，分成五大類（場所、物品、人、興趣、自然環境等），邊背單字邊熟悉考題；Part3將較難準備的相似詞、多義詞、複合名詞、複合動詞、被動詞、使役動詞等200個單字加以統整，強化單字關聯性，無論遇到題目怎麼變化，都可以發揮以一抵十的效果，安心面對考試。

　　考前最忌諱一天捕魚三天曬網，然而我們明白，每天複習40個單字，其實相當不容易，但基本功雖然辛苦卻也不得不做！如果已經學韓文有段時間或比較沒時間準備的考生，可先瀏覽每一天的第一頁「Self-Check」自檢表確認自己的實力，需要加強的單字打勾，再以MP3和例句強化記憶，最後搭配填字、填空、選擇題等多元練習，倍增記憶庫容量！進考場前30分鐘，將「分類單字」、「不規則變化」、「詞性單字」等重點整理再快速複習一遍，要考不好還真難！

　　韓國有句俗語「천 리 길도 한 걸음부터」（千里之行，始於足下）或許考生們覺得自己沒什麼基礎，面對考試壓力很大，但還是希望能先思考「我能有多少背單字的時間？」然後每天在可行的範圍內，把握時間複習、複習再複習。在此相當鼓勵各位挑戰韓文檢定考試，體驗按部就班的準備威力，並享受努力後的豐盛果實！

우리는 할 수 있어요. 도전해 봅시다! 我們可以做到，請挑戰看看吧！

주 안에 평안 V

裴英姬

只要30天，初級韓檢搶分王輕鬆當！

　　本書將韓語初級關鍵單字1200個，分成「必考單字400」、「必備單字600」、「考上初級2級關鍵單字200」三大部分，每天複習40個單字剛剛好！

STEP1 善用「Self-Check」，其實你認識很多單字！

先瀏覽每天的第一頁「Self-Check」自檢表，在不熟悉的單字前方框中打勾，不熟的單字加強複習，有效運用考前寶貴時間！

Day 1 Self-Check需要加強的單字請打 ✓

☐ 001. 선물	☐ 015. 회사	☐ 029. 회의
☐ 002. 주말	☐ 016. 휴가	☐ 030. 화장품
☐ 003. 약속	☐ 017. 취미	☐ 031. 교실
☐ 004. 방	☐ 018. 친구	☐ 032. 구두

STEP2 多元強化記憶，全面補強應考實力！

每個單字皆附例句搭配MP3，用聲音和視覺強化記憶！全書語體為初級聽力及閱讀一定會考的「-요形」、「-습니다形」為主，考生可以邊複習單字邊熟悉常考的文句！

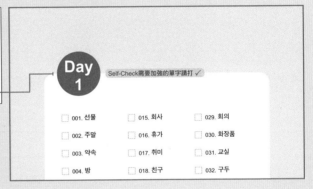

STEP3 多元練習，倍增單字庫容量！

每天複習結束前，搭配填字、填空、選擇題等多元練習，保證單字牢記不忘！

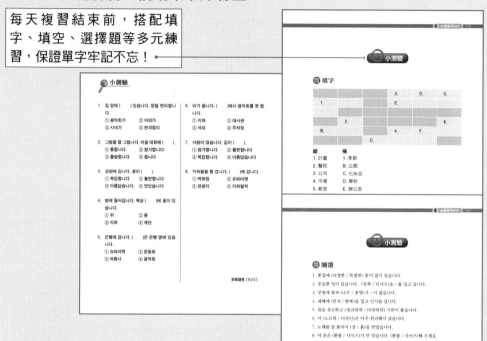

STEP4 考前30分鐘重點精華再加強，確保不失分！

進考場前30分鐘，將「分類單字」、「不規則變化」、「詞性單字」等重點整理再快速複習一遍，要考不好還真難！

056 新韓檢初級TOPIK I 字彙30天搶分王！

考前30分鐘小叮嚀

敬語和外來語

敬語意思	一般表現	敬語表現
人（位）	사람	분
家	집	댁
話	말	말씀
睡	자다	주무시다
見	보다, 만나다	뵙다
給（敬上）	주다	드리다
吃	먹다, 마시다	드시다
（人）有・在	（사람）있다	계시다
生日（生辰）	생일	생신
年紀	나이	연세

精選過去10年TOPIK初級考試中,考過50次以上,甚至高達2000多次非常重要的單字400個,依初級一定會考的題型,按名詞、動詞、形容詞、副詞順序排列。

▶▶▶ Part2　必備單字600

韓檢初級考試題型的另一趨勢，就是聽或看2～3句對話，甚至依圖案的內容來選主題或對話的地點等。因此，本單元是將第一單元沒有列出來的重要單字分成五個類別（場所、物品、人、興趣、自然環境等），不但背單字，也能熟悉考題。

▶▶▶ Part3 考上初級2級關鍵單字200

Day26～30 為考生貼心整理最易失分的「相似詞」、「多義詞」、「複合名詞」、「複合動詞」、「被動詞」、「使役動詞」。只要學會推敲整句或前後句子的內容、了解複合名詞的原理、動詞連接句型的基本型態及被動和使役動詞的特色，無論題目怎麼變化，都可以安心面對！

Part 01

必考單字400

精選過去10年TOPIK初級考試中，考過50次以上，甚至出現高達2000多次，非常重要的單字400個，依初級一定會考的題型，按名詞、動詞、形容詞、副詞順序排列。考生每天背40個單字，只要10天就可準備好必考的單字。

例句的語體為初級考試聽力及閱讀一定會考的「-요形」為主，考生可以邊複習單字邊熟悉常考的文句。最後用「小測驗」檢視自己是否都清楚每天的單字內容。

Day 1

☐ 001. 선물

☐ 002. 주말

☐ 003. 약속

☐ 004. 방

☐ 005. 옷

☐ 006. 책

☐ 007. 학생

☐ 008. 공원

☐ 009. 고향

☐ 010. 우유

☐ 011. 식당

☐ 012. 시장

☐ 013. 손님

☐ 014. 사무실

☐ 015. 회사

☐ 016. 휴가

☐ 017. 취미

☐ 018. 친구

☐ 019. 학교

☐ 020. 꽃

☐ 021. 혼자

☐ 022. 편지

☐ 023. 병원

☐ 024. 모자

☐ 025. 동생

☐ 026. 근처

☐ 027. 그림

☐ 028. 가족

☐ 029. 회의

☐ 030. 화장품

☐ 031. 교실

☐ 032. 구두

☐ 033. 외국

☐ 034. 계절

☐ 035. 기타

☐ 036. 계획

☐ 037. 극장

☐ 038. 날씨

☐ 039. 내일

☐ 040. 물

MP3-01

需要加強的單字請打 ✓

001 ☐	선물	名 禮物
		생일 선물을 받았어요. （我）有收到生日禮物。

002 ☐	주말	名 週末
		주말에 무엇을 해요? 週末做什麼？

003 ☐	약속 [약쏙]	名 約、約會
		내일은 친구하고 약속이 있어요. 明天和朋友有約。

004 ☐	방	名 房間
		제 방에는 침대와 책상이 있어요. 我的房間有床和桌子。

005 ☐	옷 [옫]	名 衣服
		시장에서 옷을 샀어요. 在市場買了衣服。

006 ☐	책	名 書
		책을 보면서 여행을 준비해요. 看書準備旅行。

007 ☐	학생 [학쌩]	名 學生
		교실에 학생 다섯 명이 있어요. 教室裡有五個學生。

008 ☐	공원	名 公園
		가끔 공원에서 산책을 해요. 偶爾在公園散步。

009 ☐	고향	名 故鄉
		고향에 부모님이 계세요. 父母親在故鄉。

010 ☐	우유	名 牛奶
		아이는 매일 우유를 마셔요. 小孩每天喝牛奶。

011 ☐	식당 [식땅]	名 餐廳
		이 식당에서 점심을 먹어요. 在這家餐廳吃午餐。

012 ☐	시장	名 市場
		시장에서 요리 재료를 샀어요. 在市場買了煮飯（料理）的材料。

013 ☐	손님	名 客人
		이 가게는 항상 손님이 많아요. 這家店總是客人很多。

014 ☐	사무실	名 辦公室
		우리 사무실은 이 빌딩 오층에 있어요. 我們辦公室在這棟大樓的五樓。

015 ☐	회사	名 公司
		회사에서 집까지 삼십 분 걸려요. 從公司到家要花三十分鐘。

016 ☐ **휴가**
名 休假
올해는 휴가가 며칠 있어요? 今年有幾天的休假？

017 ☐ **취미**
名 興趣
내 친구의 취미는 등산이에요. 我朋友的興趣是爬山。

018 ☐ **친구**
名 朋友
친구하고 내년에 한국으로 여행을 가요. （我）和朋友明年去韓國旅遊。

019 ☐ **학교** [학꾜]
名 學校
우리 학교는 집 근처에 있어요. 我學校在家附近。

020 ☐ **꽃** [꼳]
名 花
공원에 꽃이 피었어요. 公園裡開了花。

021 ☐ **혼자**
名 獨自、一個人（＝혼자서）
혼자 중국어를 공부했어요. 一個人學中文。

022 ☐ **편지**
名 信
오늘 부모님께 편지를 부쳤어요. 今天給父母親寄了信。

023 ☐ **병원**
名 醫院
우리 어머니는 병원에서 일해요. 我母親在醫院上班。

024 ☐ **모자**
名 帽子
백화점에서 모자를 샀어요. 在百貨公司買了帽子。

025 ☐ **동생**
名 弟弟或妹妹
내 남동생은 영국에서 대학원에 다녀요. 我弟弟在英國念研究所。

026 ☐ **근처**
名 附近
학교 근처에 우체국과 은행이 있어요. 學校附近有郵局及銀行。

027 ☐ **그림**
名 畫作
저 그림은 아주 유명해요. 那幅作品非常有名。

028 ☐ **가족**
名 家人、家族
오늘 숙제는 가족 소개예요. 今天的功課是介紹家人。

029 ☐ **회의** [회이]
名 會議
월요일 오전에 회의가 있어요. 星期一上午有會議。

030 ☐ **화장품**
名 化妝品
이 화장품은 가격도 싸고 좋아요. 這個化妝品價錢便宜又（品質）好。

| 031 ☐ | 교실 | 名 教室 |
| | | 그 교실에서 한국어 수업을 들어요. 在那間教室上韓文課。 |

| 032 ☐ | 구두 | 名 皮鞋 |
| | | 내일은 치마를 입고 구두를 신어요. 明天會穿裙子和皮鞋。 |

| 033 ☐ | 외국 | 名 外國 |
| | | 인사동에는 외국 사람이 많아요. 仁事洞有很多外國人。 |

| 034 ☐ | 계절 | 名 季節 |
| | | 무슨 계절을 좋아해요? 喜歡什麼季節？ |

| 035 ☐ | 기타 | 名 吉他 |
| | | 지난주부터 기타를 배우고 있어요. 從上星期開始（我）正在學吉他。 |

| 036 ☐ | 계획 | 名 計畫 |
| | | 여름 휴가 때 무슨 계획이 있어요? 夏日假期有什麼計畫嗎？ |

| 037 ☐ | 극장 [극짱] | 名 劇場、電影院 |
| | | 토요일 오전에 극장 앞에서 만나요. 星期六上午在電影院前見。 |

| 038 ☐ | 날씨 | 名 天氣 |
| | | 요즘 날씨가 정말 좋아요. 最近天氣真的很好。 |

| 039 ☐ | 내일 | 名 明天 |
| | | 내일부터 휴가가 시작되어요. 從明天開始休假。 |

| 040 ☐ | 물 | 名 水 |
| | | 매일 물을 많이 마셔야 해요. 每天要多喝水。 |

填字

			3.	D.	5.
1.			E.		
	2.				6.
B.			4.	F.	
		C.			

縱
1. 計畫
2. 醫院
3. 公司
4. 市場
5. 教室
6. 一個人

橫
1. 季節
B. 公園
C. 化妝品
D. 學校
E. 辦公室
F. 帽子

填空

날씨	내일	근처	취미	공원

1. 오늘은 (　　　)가 좋아요.

2. (　　　)은 비가 올 거예요.

3. 제 (　　　)는 운동이에요.

4. 이 (　　　)에 우체국이 있어요?

5. 주말에 (　　　)에서 산책을 해요.

答案請見（P.208）

數字 1（漢字語）

1	일	11	십일	1,000	천
2	이	20	이십	10,000	만
3	삼	30	삼십	100,000	십만
4	사	40	사십	1,000,000	백만
5	오	50	오십	10,000,000	천만
6	육	60	육십	100,000,000	억
7	칠	70	칠십		
8	팔	80	팔십		
9	구	90	구십		
10	십	100	백		

月

1月	일월	5月	오월	9月	구월
2月	이월	6月	*유월	10月	*시월
3月	삼월	7月	칠월	11月	십일월
4月	사월	8月	팔월	12月	십이월

＊6月和10月接「월 月」時，收尾音省略。

日

	1日	2日	3日	4日	5日
幾號	일일	이일	삼일	사일	오일
天數計算	하루	이틀	사흘	나흘	닷새
	6日	7日	8日	9日	10日
幾號	육일	칠일	팔일	구일	십일
天數計算	엿새	이레	여드레	아흐레	열흘

幾個星期、幾個月、幾年

第一個星期	일주일	一個月	일 개월	一年	일 년
第二個星期	이주일	兩個月	이 개월	兩年	이 년
第三個星期	삼주일	三個月	삼 개월	三年	삼 년
第四個星期	사주일	四個月	사 개월	四年	사 년

價錢

香蕉牛奶 1200元	原子筆 2400元	裙子 35000元	飛機票 370000元
천이백 원	이천사백 원	삼만오천 원	삼십칠만 원

Day 2

☐ 041. 박물관	☐ 055. 비	☐ 069. 형
☐ 042. 어제	☐ 056. 사과	☐ 070. 하지만
☐ 043. 부모님	☐ 057. 색깔	☐ 071. 여름
☐ 044. 차	☐ 058. 생일	☐ 072. 표
☐ 045. 방학	☐ 059. 숙제	☐ 073. 영화
☐ 046. 모양	☐ 060. 여행	☐ 074. 피아노
☐ 047. 미술관	☐ 061. 우산	☐ 075. 음식
☐ 048. 밤	☐ 062. 음료수	☐ 076. 연극
☐ 049. 사진	☐ 063. 음악	☐ 077. 연필
☐ 050. 우표	☐ 064. 주소	☐ 078. 옛날
☐ 051. 가게	☐ 065. 직접	☐ 079. 오늘
☐ 052. 휴일	☐ 066. 집	☐ 080. 아침
☐ 053. 눈	☐ 067. 백화점	
☐ 054. 가구	☐ 068. 토요일	

需要加強的單字請打 ✓

041 ☐	박물관 [방물관]	名 博物館 박물관에 가면 재미있어요. 如果去博物館會很有趣。
042 ☐	어제	名 昨天 어제 비가 많이 왔어요. 昨天下了很多雨。
043 ☐	부모님	名 父母親 우리 부모님은 시골에 살아요. 我父母親住在鄉下。
044 ☐	차	名 車 우리 집 차는 5년 전에 샀어요. 我家的車是5年前買的。
045 ☐	방학	名 放假 여름 방학에 고향에 갈 거예요. 暑假要回故鄉。
046 ☐	모양	名 模樣、樣貌 이 휴대 전화는 모양이 예뻐서 샀어요. 這台手機因為樣子漂亮所以就買了。
047 ☐	미술관	名 美術館 친구하고 미술관 뒤 공원에서 만나요. 和朋友在美術館後面的公園見面。
048 ☐	밤	名 夜 밤에 운전을 조심하세요. 夜間開車請小心。
049 ☐	사진	名 照片 여행을 가면 사진을 찍고 산책해요. 去旅行的話，要去拍照走走。
050 ☐	우표	名 郵票 편의점에서 우표를 살 수 있어요. 可以在便利商店買郵票。
051 ☐	가게	名 商店 매일 아침 이 가게에서 우유하고 빵을 사요. 每天早上在這家商店買牛奶和麵包。
052 ☐	휴일	名 假日 휴일에 집에서 쉬어요. 假日在家休息。
053 ☐	눈	名 雪 겨울에 눈이 오면 정말 아름다워요. 如果冬天下雪，真的很美。
054 ☐	가구	名 家具 가구를 사러 시장에 가요. 在市場買家具。

055 ☐	비	名雨 6월에는 비가 자주 와요. 6月常下雨。
056 ☐	사과	名蘋果 사과는 다섯 개에 오천 원이에요. 五個蘋果五千韓圜。
057 ☐	색깔	名顏色 한복 색깔이 고와요. 韓服顏色很美。
058 ☐	생일	名生日 내 생일에 친구들이 놀러 와요. 我生日時朋友們會來玩。
059 ☐	숙제 [숙쩨]	名功課 저녁 먹기 전에 숙제를 해요. 吃晚餐之前寫功課。
060 ☐	여행	名旅行 여행에서 여러 가지를 배울 수 있어요. 在旅行中可以學習各式各樣（的東西）。
061 ☐	우산	名雨傘 오늘은 우산을 꼭 가져가세요. 今天必須要帶雨傘。
062 ☐	음료수 [음뇨수]	名飲料 여기 음료수가 세 병 있어요. 這裡有三瓶飲料。
063 ☐	음악 [으막]	名音樂 아침마다 음악을 들어요. 每天早上聽音樂。
064 ☐	주소	名地址 여기에 주소를 써 주세요. 請在這裡寫地址。
065 ☐	직접 [직쩝]	名副親自 직접 김치를 담가서 먹어요. 親自做泡菜吃。
066 ☐	집	名家 오늘은 집에서 청소하고 빨래해요. 今天在家打掃洗衣服。
067 ☐	백화점 [배콰점]	名百貨公司 오후에 친구하고 백화점에 가려고 해요. 下午打算和朋友去百貨公司。
068 ☐	토요일	名星期六 매주 토요일에 공원에서 산책해요. 每個星期六在公園散步。

069 ☐ **형**

名 哥哥（男生稱呼哥哥）

저는 형이 두 명 있어요. 我有兩個哥哥。

070 ☐ **하지만**

名 可是、然而

저는 키가 작아요. 하지만 남동생은 키가 커요.

我個子很矮。可是我弟弟個子高。

071 ☐ **여름**

名 夏

여름은 덥고 겨울은 추워요. 夏天熱冬天冷。

072 ☐ **표**

名 票

오늘은 무료 표를 사용할 수 있어요. 今天可以使用免費的票。

073 ☐ **영화**

名 電影

이 영화를 보러 영화관에 왔어요. 來電影院看這部電影。

074 ☐ **피아노**

名 鋼琴

다섯 살 때부터 피아노를 배웠어요. 從五歲開始學習鋼琴。

075 ☐ **음식**

名 飲食、食物

한국 음식은 맵지만 맛있어요. 韓國料理雖然辣但很好吃。

076 ☐ **연극**

名 戲劇、話劇

주말에 대학로에 가서 연극을 봐요. 週末到大學路看話劇。

077 ☐ **연필**

名 鉛筆

요즘 연필을 자주 쓰지 않아요. 最近不常使用鉛筆。

078 ☐ **옛날** [옌날]

名 古時候、很久以前

이 곳은 옛날부터 유명해요. 這裡從前就有名。

079 ☐ **오늘**

名 今天

오늘은 부모님의 결혼기념일이에요.

今天是我父母親的結婚紀念日。

080 ☐ **아침**

名 早上；早餐

아침에 노래를 들어요. 早上聽歌。

샌드위치와 커피로 아침을 먹어요. 三明治及咖啡當早餐。

小測驗

⑱ 填字

			2.			4.			6.	
					D.					
B.										
					E.	5.				
1.										
								F.	7.	
			3.							

縱	橫
1. 音樂	1. 飲料
2. 美術館	B. 博物館
3. 蘋果	3. 照片
4. 生日	D. 假日
5. 模樣	E. 父母親
6. 話劇	6. 鉛筆
7. 早上	F. 鋼琴

⑲ 填空

어제	색깔	여행	직접	오늘

1. (　　　)는 친구하고 같이 슈퍼마켓에 갔어요.

2. (　　　)은 학교에서 일본어를 배울 거예요.

3. 이 옷은 시장에서 내가 (　　　) 샀어요.

4. 다음 휴가에 외국 (　　　)을 갈 거예요.

5. 이 가방은 디자인과 (　　　) 모두 좋아요.

答案請見（P.208）

數字2（純韓語）

1	하나	6	여섯	11	열 하나	60	예순
2	둘	7	일곱	20	스물	70	일흔
3	셋	8	여덟	30	서른	80	여든
4	넷	9	아홉	40	마흔	90	아흔
5	다섯	10	열	50	쉰	100	백

年紀

1歲	한 살	10歲	열 살	20歲	스무 살
2歲	두 살	11歲	열한 살	21歲	스물한 살
3歲	세 살	12歲	열두 살	22歲	스물두 살
4歲	네 살	13歲	열세 살	23歲	스물세 살
5歲	다섯 살	14歲	열네 살	24歲	스물네 살

＊ 年紀或算數量時會接量詞，如果年紀後使用「살 歲」，接量詞如同1至4有變化，念20時也不加尾
　 音。另外，年紀後接「세」是漢字語的「歲」，因此要接漢字語的數字，通常用於20歲以上時。

量詞

個（物品）	개	本	권	杯	잔	隻	마리	台	대
個（人）	명	位	분	瓶	병	張	장	件	벌

＊「달」是純韓文「月」的意思，也屬於計算的說法，如「學韓文多久時？ 한국어를 몇달 배웠어요?」
　 前面要接純韓語的數字。

時間

1點	한 시	5點	다섯 시	9點	아홉 시
2點	두 시	6點	여섯 시	10點	열 시
3點	세 시	7點	일곱 시	11點	열한 시
4點	네 시	8點	여덟 시	12點	열두 시

＊ 另外，說幾分鐘要接漢字語的數字，如「한 시 오십오 분」是1點55分的意思。

Day 3

Self-Check需要加強的單字請打 ✓

- ☐ 081. 요즘
- ☐ 082. 우리
- ☐ 083. 택시
- ☐ 084. 우체국
- ☐ 085. 위치
- ☐ 086. 은행
- ☐ 087. 지금
- ☐ 088. 지하철
- ☐ 089. 커피숍
- ☐ 090. 텔레비전
- ☐ 091. 가방
- ☐ 092. 가수
- ☐ 093. 값
- ☐ 094. 겨울

- ☐ 095. 경치
- ☐ 096. 직업
- ☐ 097. 포도
- ☐ 098. 동전
- ☐ 099. 드라마
- ☐ 100. 등산
- ☐ 101. 공기
- ☐ 102. 며칠
- ☐ 103. 공항
- ☐ 104. 산책
- ☐ 105. 과일
- ☐ 106. 메모
- ☐ 107. 과자
- ☐ 108. 메뉴

- ☐ 109. 물건
- ☐ 110. 상자
- ☐ 111. 신문
- ☐ 112. 기분
- ☐ 113. 곳
- ☐ 114. 미용실
- ☐ 115. 바다
- ☐ 116. 기숙사
- ☐ 117. 바지
- ☐ 118. 장소
- ☐ 119. 밖
- ☐ 120. 신발

MP3-03

需要加強的單字請打 ✓

081 ☐ **요즘**
名 最近
요즘 이 노래가 유행이에요. 最近這首歌很流行。

082 ☐ **우리**
代 我們
우리 집은 학교 근처에 있어요 我們家在學校附近。

083 ☐ **택시**
名 計程車
늦었어요. 택시를 탑시다. 遲到了。我們搭計程車吧。

084 ☐ **우체국**
名 郵局
우체국에서 소포를 부쳐요. 在郵局寄包裹。

085 ☐ **위치**
名 位置；地位
지도에 레스토랑의 위치가 있어요. 在地圖有餐廳的位置。

086 ☐ **은행**
名 銀行
저기 은행 앞에서 세워 주세요. 請在銀行那裡前面停車。

087 ☐ **지금**
名 現在
우리는 지금 출발할 거예요. 我們現在要出發。

088 ☐ **지하철**
名 地下鐵
이 카드로 지하철도 탈 수 있어요. 用這張卡也可搭地下鐵。

089 ☐ **커피숍**
名 咖啡廳
커피숍에서 잡지를 봐요. 在咖啡廳看雜誌。

090 ☐ **텔레비전**
名 電視
회사에 텔레비전도 있어요. 公司也有電視。

091 ☐ **가방**
名 包包
가방에 책과 공책이 있어요. 包包裡有書及筆記本。

092 ☐ **가수**
名 歌手
이 가수는 한국에서 유명해요. 這個歌手在韓國很有名。

093 ☐ **값** [갑]
名 價格
이 사과는 값이 너무 비싸요. 這顆蘋果價錢太貴。

094 ☐ **겨울**
名 冬
한국은 겨울에 눈이 오고 추워요. 韓國冬天下雪很冷。

095 ☐ **경치**
名 景氣、風景
봄과 가을에 경치가 아름다워요. 春天及秋天風景很美。

| 096 ☐ | **직업** [지겁] | 名 職業 |
| | | 졸업 전에 직업을 찾고 있어요. 畢業前在找職業。 |

| 097 ☐ | **포도** | 名 葡萄 |
| | | 포도가 크고 맛있어요. 葡萄又大又好吃。 |

| 098 ☐ | **동전** | 名 硬幣、銅幣 |
| | | 동전이 있으면 좀 빌려 주세요. 如果有硬幣請借我一下。 |

| 099 ☐ | **드라마** | 名 連續劇 |
| | | 드라마를 보면서 한국어를 배워요. 看連續劇同時學韓文。 |

| 100 ☐ | **등산** | 名 登山、爬山 |
| | | 시간이 있으면 등산을 해요. 有空去爬山。 |

| 101 ☐ | **공기** | 名 空氣 |
| | | 산에 올라가면 공기가 좋아요. 如果去山上，空氣會很好。 |

| 102 ☐ | **며칠** | 名 幾天 |
| | | 며칠 동안 비가 안 왔어요. 幾天都沒有下雨。 |

| 103 ☐ | **공항** | 名 機場 |
| | | 두 시간 전에 공항에 도착해야 해요. 兩個小時前得到機場。 |

104 ☐	**산책**	名 散步
		집 근처에 공원이 있어서 자주 산책해요.
		住家附近有公園，所以常常去散步。

| 105 ☐ | **과일** | 名 水果 |
| | | 과일을 많이 먹으면 몸에 좋아요. 多吃水果，對身體好。 |

| 106 ☐ | **메모** | 名 紀錄；便條紙 |
| | | 메모 좀 남겨 주세요. 請幫我留紙條。 |

| 107 ☐ | **과자** | 名 餅乾 |
| | | 어제 직접 과자를 만들었어요. 昨天親自做了餅乾。 |

| 108 ☐ | **메뉴** | 名 菜單 |
| | | 여기 중국어 메뉴가 있어요? 這裡有中文菜單嗎？ |

| 109 ☐ | **물건** | 名 東西、物品 |
| | | 이 물건은 다른 가게에 없어요. 這個東西在其他店沒有（賣）。 |

110 ☐ **상자**
名 紙箱
상자가 책상 위에 있어요. 桌上有紙箱。

111 ☐ **신문**
名 報紙
아침에 신문을 보면서 밥을 먹어요. 早上邊看報紙邊吃飯。

112 ☐ **기분**
名 心情
공원에서 운동하면 기분이 좋아요.
在公園做運動，心情很好。

113 ☐ **곳** [곧]
名 地方、處
저는 이 곳에서 태어났어요. 我在這個地方出生。

114 ☐ **미용실**
名 美容院
한 달에 한 번 미용실에 가요. 一個月去美容院一次。

115 ☐ **바다**
名 海
바다에서 수영을 하고 싶어요. 想在海裡游泳。

116 ☐ **기숙사**
名 宿舍
제 여동생은 기숙사에 살아요. 我妹妹住在宿舍。

117 ☐ **바지**
名 褲子
이 바지는 여러 가지 색깔이 있어요. 這條褲子有各式各樣的顏色。

118 ☐ **장소**
名 場所、地點
약속 장소가 집에서 너무 멀어요. 約定的地點離家太遠。

119 ☐ **밖** [박]
名 外；戶外
잠깐 밖에서 기다려 주세요. 請在外面稍等。

120 ☐ **신발**
名 鞋子
신발을 밖에서 벗어 주세요. 請你把鞋子脫在外面 。

填字

	1.			E.	6.	
B.						
			4.			
2.						
		3.		5.	7.	
		C.				

縱

1. 餅乾
2. 郵局
3. 空氣
4. 鞋子
5. 海
6. 散步
7. 地下鐵

橫

1. 水果
2. 我們
B. 照片
4. 報紙
C. 心情（2個字）
E. 爬山
5. 褲子（2個字）
7. 現在

填空

위치	경치	며칠	밖	곳

1. 지하철을 타는 (　　　)이 어디예요?

2. 경복궁은 (　　　)가 아름다워요.

3. 사무실의 (　　　)를 가르쳐 주세요.

4. (　　　)은 아주 춥지만 안은 따뜻해요.

5. (　　　) 동안 유럽에 가요?

答案請見（P.209）

時間和季節

星期一	星期二	星期三	星期四	星期五	星期六	星期日
월요일	화요일	수요일	목요일	금요일	토요일	일요일

前天	그저께	上上星期	지지난 주	上上個月	지지난 달	前年	재작년
昨天	어제	上星期	지난 주	上個月	지난 달	去年	작년
今天	오늘	本週	이번 주	這個月	이번 달	今年	올해
明天	내일	下星期	다음 주	下個月	다음 달	明年	내년
後天	모레	下下星期	다다음 주	下下個月	다다음 달	後年	내후년

前	전	白天	낮	早上（餐）	아침
後	후	晚上	밤	中午（餐）	점심
上午	오전	凌晨	새벽	晚上（餐）	저녁
下午	오후				

平日	평일 / 주중	初旬	초순	寒假 暑假	겨울 방학 여름 방학
週末	주말	中旬	중순	假日	휴일
		下旬	하순	休假	휴가

春	봄	季節	계절
夏	여름	四季	사계절
秋	가을	年初	연초
冬	겨울	年底	연말

Day 4

☐ 121. 시험	☐ 135. 하루	☐ 149. 재료
☐ 122. 외국어	☐ 136. 관광	☐ 150. 습관
☐ 123. 약국	☐ 137. 남자	☐ 151. 잠
☐ 124. 수첩	☐ 138. 여자	☐ 152. 청소
☐ 125. 시골	☐ 139. 아기	☐ 153. 빨래
☐ 126. 아파트	☐ 140. 앨범	☐ 154. 내용
☐ 127. 앞	☐ 141. 학생증	☐ 155. 공연
☐ 128. 안내	☐ 142. 계속	☐ 156. 졸업
☐ 129. 약	☐ 143. 학원	☐ 157. 반
☐ 130. 양말	☐ 144. 책상	☐ 158. 의자
☐ 131. 요일	☐ 145. 기간	☐ 159. 담배
☐ 132. 질문	☐ 146. 처음	☐ 160. 국적
☐ 133. 춤	☐ 147. 출근	
☐ 134. 침대	☐ 148. 때	

MP3-04

需要加強的單字請打 ✓

121 ☐	시험	名考試 다음 주 수요일에 시험을 봐요. 下星期三要考試。
122 ☐	외국어 [외구거]	名外文 외국어 공부는 정말 재미있어요. 念外文真的很有趣。
123 ☐	약국 [약꾹]	名藥局 약국 앞에서 버스를 타세요. 請在藥局前面搭公車。
124 ☐	수첩	名手冊 수첩에 약속 시간과 장소를 써요. 在手冊上寫約定的時間及地點。
125 ☐	시골	名鄉下 여름 방학에 시골에서 지내요. 暑假在鄉下過。
126 ☐	아파트	名公寓 이 아파트 일 층에 편의점이 있어요. 這棟公寓一樓有便利商店。
127 ☐	앞 [압]	名前 물은 교실 앞에 있어요. 教室前有水。
128 ☐	안내	名導引、介紹、指南 여기 세탁실 사용 안내를 보세요. 請看這裡的洗衣間使用指南。
129 ☐	약	名藥 어제 감기 걸려서 감기약을 샀어요. 昨天因為感冒，所以買了感冒藥。
130 ☐	양말	名襪子 구두를 신을 때 양말을 꼭 신어요. （我）穿皮鞋時一定會穿襪子。
131 ☐	요일	名星期 무슨 요일에 테니스를 배워요? 哪個星期學網球？
132 ☐	질문	名問題 질문이 있으면 물어 보세요. 如果有疑問，請發問看看。
133 ☐	춤	名舞蹈 아이가 춤을 추면서 노래를 불러요. 小孩邊跳舞邊唱歌。
134 ☐	침대	名床 내 방 침대 옆에 책상이 있어요. 我的房間床旁邊有書桌。
135 ☐	하루	名一天 하루에 세 번 감기약을 먹어요. 一天吃三次感冒藥。

136 ☐	관광	名 觀光 여행 가이드가 관광을 도와줘요. 導遊幫忙觀光。
137 ☐	남자	名 男子 남자 기숙사는 오른쪽에 있어요. 男生宿舍在右邊。
138 ☐	여자	名 女子 여자 친구들과 커피를 마시면서 이야기해요. 和女生的朋友們邊喝咖啡，邊聊天。
139 ☐	아기	名 嬰兒 아기는 배가 고프면 울어요. 嬰兒肚子餓會哭。
140 ☐	앨범	名 相簿 이 앨범을 친구에게 주려고 직접 만들었어요. 為了給朋友，親自做了這本相簿。
141 ☐	학생증 [학쌩쯩]	名 學生證 학생증이 있으면 무료예요. 如果有學生證就免費。
142 ☐	계속	名 繼續 이 카드를 계속 사용할 수 있어요. 這張卡可以繼續使用。
143 ☐	학원 [하권]	名 補習班 학원에서 6개월 동안 한국어를 배웠어요. 6個月的時間在補習班，學習韓文。
144 ☐	책상 [책쌍]	名 書桌 책상 위에 책, 공책, 시계가 있어요. 在書桌上有書、筆記本、時鐘。
145 ☐	기간	名 期間 다음 주부터 시험 기간이에요. 下星期開始是考試期間。
146 ☐	처음	名 第一次、初次 처음 한국어 소설책을 읽어요. 第一次閱讀韓文小說。
147 ☐	출근	名 出勤、上班 출근 시간에 차가 많이 막혀요. 上班時間很會塞車。
148 ☐	때	名 時、時間 겨울 방학 때 스키를 타러 가요. 寒假時去滑雪。
149 ☐	재료	名 材料 미술 재료를 사러 문방구에 가요. 去文具店買美術材料。

150 ☐ **습관** [습꽌]

名 習慣

밥을 먹기 전에 물을 마시는 습관이 있어요. 吃飯前有喝水的習慣。

151 ☐ **잠**

名 睡覺

밤 10시전에 잠을 자면 건강에 좋아요.
晚上10點以前睡覺，對健康有幫助。

152 ☐ **청소**

名 打掃

청소할 때 항상 청소기를 사용해요. 每次打掃都使用吸塵器。

153 ☐ **빨래**

名 洗衣服

이틀에 한 번 빨래하고 청소해요. 兩天一次洗衣服打掃。

154 ☐ **내용**

名 內容

이 노래는 음악뿐만 아니라 가사 내용도 좋아요.
這首歌不只音樂好，連歌詞內容也好。

155 ☐ **공연**

名 公演

수요일부터 극장에서 공연이 있어요. 從星期三開始在劇場有公演。

156 ☐ **졸업** [조립]

名 畢業

여동생은 내년에 대학교를 졸업해요. （我）妹妹明年大學畢業。

157 ☐ **반**

名 一半

아침에 사과 반 개를 먹어요. 早上吃半顆蘋果。

158 ☐ **의자**

名 椅子

이 의자는 아주 편안해요. 這張椅子非常舒服。

159 ☐ **담배**

名 香菸

담배를 피면 몸에 좋지 않아요. 抽菸對身體不好。

160 ☐ **국적** [국쩍]

名 國籍

저의 국적은 한국이지만 홍콩에서 태어났어요.
我的國籍雖然是韓國，但在香港出生。

填字

A.		1.			C.		6.
				4.			
			B.				
2.					5.		7.
			3.				

縱
1. 國籍
2. 學生證
3. 鄉下
4. 男子
5. 公寓
6. 觀光
7. 期間

橫
A. 外國語
2. 補習班
3. 考試（2個字）
B. 椅子
5. 嬰兒

填空

잠	앞	약	춤	때

1. 매주 동아리에서 (　　　)을 춰요.

2. 학교 (　　　)에 슈퍼마켓이 있어요.

3. 어제부터 몸이 아파서 (　　　)을 잘 못 자요.

4. 약국에서 감기(　　　)을 사요.

5. 방학 (　　　) 고향에 가서 쉬어요.

答案請見（P.209）

考前30分鐘小叮嚀

代名詞和疑問詞

指示代名詞

這 （說者邊）	이	這個人 這位	이 사람 이분	這個	이것	這裡 這邊	여기 이쪽	這次	이번
那 （聽者邊）	그	那個人 那位	그 사람 그분	那個	그것	那裡 那邊	거기 그쪽		
那 （遠距離）	저	那個人 那位	저 사람 저분	那個	저것	那裡 那邊	저기 저쪽	那次	저번 / 지난번

疑問詞

哪裡	어디	幾		몇
何時	언제	幾日		며칠
誰	누구	多少		얼마
什麼	무엇 / 뭐	什麼樣的＋名詞		무슨 영화
怎麼	어떻게	哪個：地點有關名詞、代名詞		어느 나라
為什麼	왜	哪種＋名詞、代名詞		어떤 노래

人稱代名詞

我	나 / 저（謙虛）	我的 （縮寫）	나의(내)/ 저의(제)	大家、各位	여러분
你	너 / 당신 （敬對方）	你的 （縮寫）	너의(네)/ 당신의	先生	아저씨
他/她	그 / 그녀	她的	그의 / 그녀의	小姐、大嬸 （縮寫）	아주머니 (아줌마)
我們	우리 / 저희（謙虛）	我們的	우리의		

＊常考的單字用顏色表示。

Day 5

Self-Check需要加強的單字請打 ✓

☐ 161. 시간

☐ 162. 날마다

☐ 163. 시계

☐ 164. 버스

☐ 165. 보통

☐ 166. 모임

☐ 167. 다음

☐ 168. 도서관

☐ 169. 도시

☐ 170. 나라

☐ 171. 동안

☐ 172. 매일

☐ 173. 머리

☐ 174. 발

☐ 175. 밥

☐ 176. 배

☐ 177. 서점

☐ 178. 선생님

☐ 179. 소포

☐ 180. 손

☐ 181. 불고기

☐ 182. 비행기

☐ 183. 사전

☐ 184. 생각

☐ 185. 이야기

☐ 186. 이유

☐ 187. 인기

☐ 188. 자전거

☐ 189. 장갑

☐ 190. 저녁

☐ 191. 전자사전

☐ 192. 점심

☐ 193. 종이

☐ 194. 주

☐ 195. 지갑

☐ 196. 행복

☐ 197. 호텔

☐ 198. 홈페이지

☐ 199. 화장실

☐ 200. 휴대 전화

MP3-05

需要加強的單字請打 ✓

161 ☐	시간	名 時間 다음 주에 언제 시간이 있어요?　下星期什麼時候有時間？
162 ☐	날마다	名 每天、天天 날마다 출근 전에 뉴스를 봐요.　每天上班前看新聞。
163 ☐	시계	名 時鐘 오늘 오후부터 시계가 고장이 났어요.　今天下午開始，時鐘壞掉了。
164 ☐	버스	名 巴士 관광 버스를 타고 시내 구경을 해요.　搭觀光巴士看看市區。
165 ☐	보통	名 通常 저는 보통 6시 반에 퇴근해요.　我通常6點半下班。
166 ☐	모임	名 聚會 다음 주 퇴근 후에 모임을 하겠어요.　下週下班後要聚會。
167 ☐	다음	名 下 다음에 다시 전화하세요.　請下次再打電話（過來）。
168 ☐	도서관	名 圖書館 매주 수요일에 도서관에서 책을 빌려요.　每個星期三在圖書館借書。
169 ☐	도시	名 都市 도시와 시골은 많이 달라요.　都市和鄉下很不一樣。
170 ☐	나라	名 國家 어느 나라에서 왔어요? （你）來自哪個國家？
171 ☐	동안	名 期間 1년 반 동안 한국어를 연습했어요.　韓文練習了1年半的時間。
172 ☐	매일	名 副 每天 매일 아침을 먹고 출근해요.　每天吃過早餐後上班。
173 ☐	머리	名 頭髮（＝머리카락）；頭腦 머리를 예쁘게 잘라 주세요.　請幫我剪個漂亮的髮型。 친구는 머리가 좋아서 6개국어를 할 수 있어요. 朋友頭腦很聰明，所以會說6個國家的語言。
174 ☐	발	名 腳 많이 걸어서 발이 아파요.　因為走很久，所以腳很痛。

175 ☐	밥	名 飯
		저녁 7시에 집에서 밥을 먹어요. 晚上7點在家吃飯。

176 ☐	배	名 梨子；船；肚子
		제일 좋아하는 과일은 배예요. 我最喜歡的水果是梨子。
		배를 타고 여행을 가요. 坐船旅行。
		배가 너무 고파요. 肚子好餓。

177 ☐	서점	名 書店
		서점에서 책도 사고 커피도 마셔요. 書店可以買書也可以喝咖啡。

178 ☐	선생님	名 老師
		선생님, 질문이 있어요. 老師，（我）有疑問。

179 ☐	소포	名 包裹
		오늘 미국에서 온 소포를 받았어요. 今天有收到從美國寄過來的包裹。

180 ☐	손	名 手
		아이와 손을 잡고 걸어요. 和小朋友牽手走。

181 ☐	불고기	名 韓式烤肉
		불고기는 외국인들이 좋아하는 한국 음식이에요.
		韓式烤肉是外國人喜歡的韓國料理。

182 ☐	비행기	名 飛機
		태국까지 비행기로 몇 시간 걸려요? 坐飛機到泰國需要多久時間？

183 ☐	사전	名 字典
		그 사전을 어떻게 사용해요? 怎麼使用那個字典？

184 ☐	생각	名 想法；思考
		좋은 생각이 있어요. （我）有好的想法。

185 ☐	이야기	名 故事
		아침에 좋은 이야기를 들어요. 早上聽好的故事。

186 ☐	이유	名 理由
		이유를 잘 설명하세요. 請好好說明理由。

187 ☐	인기 [인끼]	名 人氣、受歡迎
		이 화장품은 우리 가게에서 가장 인기 있어요.
		這個化妝品在這家店最受歡迎。

188 ☐ **자전거**

名 腳踏車

토요일 아침에 자전거를 타요. 星期六早上騎腳踏車。

189 ☐ **장갑**

名 手套

추워서 장갑을 끼고 밖에 나가요.
因為很冷，戴手套出去外面（出門）。

190 ☐ **저녁**

名 晚上；晚餐

오늘 저녁에 무엇을 먹을까요？ 今天晚上要吃什麼？
내일 저녁 메뉴가 뭐예요？ 明天晚餐的菜單是什麼？

191 ☐ **전자사전**

名 電子字典

한국어를 공부하려고 전자사전을 샀어요. 為了學習韓文買了電子字典。

192 ☐ **점심**

名 中午；午餐

점심 때 다시 전화해 주세요. 請中午時再打電話過來。
점심 시간에 도시락을 먹어요. 午餐時間吃便當。

193 ☐ **종이**

名 紙

이 종이에 전화번호와 주소를 써 주세요.
請寫電話號碼及地址在這張紙上。

194 ☐ **주**

名 週

오늘은 8월 셋째 주예요. 今天是8月的第3週。

195 ☐ **지갑**

名 錢包

가방 속에 지갑이 있어요. 包包裡面有錢包。

196 ☐ **행복**

名 幸福

행복은 가까운 곳에 있어요. 幸福在很近的地方。

197 ☐ **호텔**

名 飯店

저녁에 친구들과 호텔에서 식사해요. 晚上和朋友們在飯店吃飯。

198 ☐ **홈페이지**

名 網站首頁

홈페이지에서 시험 시간을 확인하세요. 請上網站首頁確認考試時間。

199 ☐ **화장실**

名 洗手間

이 화장실은 정말 깨끗해요. 這間洗手間真乾淨。

200 ☐ **휴대 전화**

名 手機

휴대 전화로 문자 메시지를 보내요. 用手機傳簡訊。

填字

A.	1.	2.		C.	6.	
	B.					
3.			D.			7.
	4.			5.		E.
	F.					

縱	橫
1. 書店	A. 圖書館
2. 關心、興趣	B. 中午、午餐
3. 時鐘	3. 時間
4. 紙	C. 腳踏車
5. 人氣	D. 手機
6. 電子字典	E. 手套
7. 洗手間	F. 聊天

填空

다음	나라	소포	사전	행복

1. (　　　) 주에 박물관에 갈 거예요.

2. 모르는 말은 (　　　)을 찾으세요.

3. 다른 (　　　)로 출장을 자주 가요.

4. 친구가 고향 음식을 (　　　)로 보냈어요.

5. 가족과 함께 있으면 (　　　)해요.

答案請見（P.210）

方向和顏色

方向

上	위	前	앞
下	아래 / 밑	後	뒤
右邊	오른쪽	裡面	안 / 속
左邊	왼쪽	外面	밖
旁	옆	之間	사이
中間	가운데 / 중간		

東	동	南	남
西	서	北	북

對面	건너편 / 맞은편	一直	똑바로 / 직진
斜對面	대각선 방향	轉	돌다
過馬路	길을 건너가다		

顏色

紅	빨갛다 빨간색	綠	초록색
藍	파랗다 파란색	黃	노랗다 노란색
白	하얗다 / 희다 하얀색 / 흰색	黑	까맣다 / 검다 까만색 / 검은색, 검정색

＊曾考過的單字用顏色表示。

Day 6

☐ 201. 배우	☐ 215. 연휴	☐ 229. 말
☐ 202. 아르바이트	☐ 216. 이제	☐ 230. 오전
☐ 203. 노래방	☐ 217. 이전	☐ 231. 동아리
☐ 204. 중심	☐ 218. 주위	☐ 232. 속
☐ 205. 도장	☐ 219. 중간	☐ 233. 오랜만
☐ 206. 돈	☐ 220. 문제	☐ 234. 이번
☐ 207. 고기	☐ 221. 이름	☐ 235. 식사
☐ 208. 소금	☐ 222. 중	☐ 236. 용돈
☐ 209. 커피	☐ 223. 소풍	☐ 237. 잡지
☐ 210. 놀이	☐ 224. 소식	☐ 238. 이
☐ 211. 공휴일	☐ 225. 역사	☐ 239. 컴퓨터
☐ 212. 짐	☐ 226. 입학	☐ 240. 주부
☐ 213. 과거	☐ 227. 한글	
☐ 214. 끝	☐ 228. 출구	

MP3-06

需要加強的單字請打 ✓

201 ☐	배우	名 演員
		저 배우를 좋아해서 이 드라마를 봐요.
		因為喜歡那個演員，所以看這部連續劇。

202 ☐	아르바이트	名 打工
		매주 목요일에 커피숍에서 아르바이트를 해요.
		每個星期四在咖啡廳打工。

203 ☐	노래방	名 KTV
		기분이 안 좋을 때 노래방에 가서 노래해요.
		心情不好的時候，去KTV唱歌。

204 ☐	중심	名 中心
		서울의 중심에 남산이 있어요. 首爾的中心有南山。

205 ☐	도장	名 印章
		은행에 갈 때 도장을 가져가요. 去銀行時，帶印章去。

206 ☐	돈	名 錢
		지갑에 돈과 신용카드가 있어요. 錢包裡有錢和信用卡。

207 ☐	고기	名 肉
		한국 음식에 고기와 채소가 많이 들어가요.
		在韓國菜中放進很多肉和蔬菜。

208 ☐	소금	名 鹽
		요리에 소금이 적으면 맛이 없어요. 如果料理中少（加）鹽，不好吃。

209 ☐	커피	名 咖啡
		커피숍에서 커피를 마시면서 잡지를 봐요. 在咖啡廳邊喝咖啡邊看雜誌。

210 ☐	놀이 [노리]	名 遊戲
		이번 주 주말에 놀이 공원에서 친구와 놀아요.
		這週末要在遊樂園和朋友玩。

211 ☐	공휴일	名 公休日
		올해는 공휴일이 많이 있어요. 今年有很多公休日。

212 ☐	짐	名 行李
		내일 여행을 가서 짐을 벌써 쌌어요.
		因為明天要去旅遊，行李已經打包了。

213 ☐	과거	名 過去
		과거에 여기에서 가족과 함께 살았어요.
		過去（之前）和家人在這裡一起住過。

| 214 ☐ | 끝 [끋] | 名 最後、結尾 |
| | | 드라마 끝에 좋아하는 노래가 나왔어요. 連續劇最後播出我喜歡的歌。 |

| 215 ☐ | 연휴 | 名 連假 |
| | | 연휴에 고향에 가서 쉬려고 해요. 連假時打算回故鄉休息。 |

| 216 ☐ | 이제 | 名 現在 |
| | | 이제부터 회의를 시작하겠어요. 現在開始開會。 |

217 ☐	이전	名 以前；搬遷
		이전에 중국에 가서 구경했어요. 以前去中國觀光過。
		우리 식당이 우체국 건너편으로 이전해요. 我們餐廳搬遷到郵局對面。

| 218 ☐ | 주위 | 名 周圍 |
| | | 지하철역 주위에 시장이 있어요. 地下鐵站周圍有市場。 |

| 219 ☐ | 중간 | 名 中間 |
| | | 극장은 서점과 우체국 중간에 있어요. 電影院在書店和郵局的中間。 |

| 220 ☐ | 문제 | 名 問題 |
| | | 한국어 시험 듣기 문제가 너무 어려워요. 韓文考試的聽力問題太難。 |

| 221 ☐ | 이름 | 名 名字 |
| | | 신청서에 이름과 주소를 적어 주세요. 在申請書上請寫名字及地址。 |

| 222 ☐ | 중 | 名 中、中等 |
| | | 운동 중에 수영을 가장 좋아해요. 運動中最喜歡游泳。 |

| 223 ☐ | 소풍 | 名 郊遊 |
| | | 소풍 갈 때 김밥을 가져가서 먹어요. 郊遊時，帶海苔手卷去吃。 |

224 ☐	소식	名 消息
		미국에 간 오빠에게서 소식이 왔어요.
		從去美國的哥哥那裡，捎來了消息。

225 ☐	역사 [역싸]	名 歷史
		한국의 문화와 역사에 관심이 있어요.
		（我）對韓國的文化和歷史有興趣。

| 226 ☐ | 입학 [이팍] | 名 入學 |
| | | 다음 달에 아들이 초등학교에 입학해요. （我）兒子下個月上小學。 |

| 227 ☐ | 한글 | 名 韓國文字 |
| | | 한글은 간단해서 배우기 쉬워요. 因為韓國文字很簡單，所以很容易學。 |

228 출구

名 出口

우리 집은 지하철역 3번 출구에서 조금 멀어요.
我家離地下鐵站3號出口有一點遠。

229 말

名 話、話語

한국말을 이해하고 싶어서 한국어를 배워요. 想懂韓國話所以學韓文。

230 오전

名 上午

이 빵집은 오전부터 손님이 많아요. 這家麵包店從上午客人就很多。

231 동아리

名 社團

3년 동안 등산 동아리에 참여했어요. 參與登山社團3年的時間。

232 속

名 內、裡面

주머니 속에 동전이 있어요. 在口袋裡面有硬幣。

233 오랜만

名 好久（=오래간만）

어제는 오랜만에 기차를 탔어요. 昨天搭了好久（沒搭的）火車。

234 이번

名 這次

이번 모임에 회사 동료들이 모두 왔어요. 這次的聚會同事們都來了。

235 식사 [식싸]

名 用餐

우리 집 저녁 식사는 모든 가족이 함께 먹어요.
我家的晚餐，所有家人都一起吃。

236 용돈 [용똔]

名 零用錢

대학생 때까지 매달 아버지께 용돈을 받았어요.
到大學念書，每個月跟父親拿零用錢（使用）。

237 잡지 [잡찌]

名 雜誌

서점에서 잡지와 책을 사요. 在書店買雜誌和書。

238 이

名 牙齒

아침과 저녁 식사 후에 이를 닦아요. 吃過早餐和晚餐之後要刷牙。

239 컴퓨터

名 電腦

현대인들에게 컴퓨터는 아주 중요해요. 對現代人來說電腦很重要。

240 주부

名 家庭主婦

누나는 결혼을 해서 주부가 되었어요. 姊姊結婚後成為家庭主婦。

填字

1.			5.				7.
		B.				D.	
			4.			6.	
2.			C.				
		3.					
	A.						

縱	橫
1. 郊遊	1. 鹽
2. 主婦	2. 周圍
3. 問題	A. 現在
4. 社團	B. 公休日
5. 連休	C. 打工
6. 遊戲	D. 歷史
7. 用餐	

填空

배우	입학	이름	국적	고기

1. 친구는 (　　　)가 되고 싶어 해요.

2. 여기에 전화번호와 (　　　)을 쓰세요.

3. 3월에 대학교에 (　　　)을 해요.

4. 우리 아버지는 야채보다 (　　　)를 더 좋아해요.

5. 우리 반 외국인 친구들은 (　　　)이 달라요.

答案請見（P.210）

考前30分鐘小叮嚀

☕ 人際關係稱呼

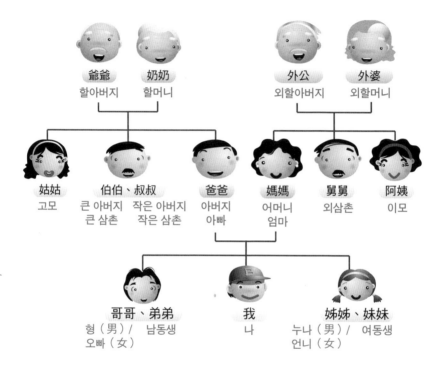

家人稱呼

爺爺	할아버지	外公	외할아버지
奶奶	할머니	外婆	외할머니

伯伯	큰 아버지 큰 삼촌	父親	아버지 아빠
叔叔	작은 아버지 작은 삼촌	母親	어머니 엄마
舅舅	외삼촌	姑姑	고모
阿姨	이모		

哥哥	형（男）/오빠（女）	弟弟	남동생
姊姊	누나（男）/언니（女）	妹妹	여동생
我	나		

家人	가족	父母	부모	兄弟	형제	姊妹	자매
夫妻	부부	老公	남편	老婆	아내	子女	자녀
孩子	아이	兒子	아들	女兒	딸	孫子（女）	손자(손녀)

人際關係

朋友	친구	學長、學姊	선배
同學	반 친구	學弟、學妹	후배
同窗	동창	男朋友	남자 친구
同事	동료	女朋友	여자 친구

Day 7

☐ 241. 가다	☐ 255. 읽다	☐ 269. 운동하다
☐ 242. 오다	☐ 256. 타다	☐ 270. 일하다
☐ 243. 다니다	☐ 257. 쉬다	☐ 271. 구경하다
☐ 244. 먹다	☐ 258. 쓰다	☐ 272. 쇼핑하다
☐ 245. 마시다	☐ 259. 만들다	☐ 273. 여행하다
☐ 246. 보다	☐ 260. 가르치다	☐ 274. 기다리다
☐ 247. 듣다	☐ 261. 받다	☐ 275. 시작하다
☐ 248. 만나다	☐ 262. 보내다	☐ 276. 끝나다
☐ 249. 사다	☐ 263. 빌리다	☐ 277. 열다
☐ 250. 팔다	☐ 264. 수업하다	☐ 278. 결혼하다
☐ 251. 주다	☐ 265. 수영하다	☐ 279. 이사하다
☐ 252. 살다	☐ 266. 요리하다	☐ 280. 걷다
☐ 253. 공부하다	☐ 267. 전화하다	
☐ 254. 배우다	☐ 268. 노래하다	

MP3-07

需要加強的單字請打 ✓

241 ☐ **가다**

動 去、過（時間）

월요일부터 금요일까지 학교에 가요. 星期一到星期五都去學校。

242 ☐ **오다**

動 來；下（雨）

아침 9시에 교실에 왔어요. 지금 비가 와요.

早上9點來到教室。現在下雨。

243 ☐ **다니다**

動 來往；上；去

저는 화요일과 목요일에 영어 학원에 다녀요.

我星期二和星期四去英文補習班上課（固定時間來往補習班）。

저는 회사에 다녀요. 我是上班族（每天來往公司）。

244 ☐ **먹다** [먹따]

動 吃

텔레비전을 보면서 과자를 먹어요. 看電視吃零食。

245 ☐ **마시다**

動 喝

하루에 물을 몇 잔 마셔요? 一天喝幾杯水？

246 ☐ **보다**

動 看

매일 저녁 한국 드라마를 봐요. 每天晚上看韓國連續劇。

247 ☐ **듣다** [듣따]

動 聽

한국 뉴스를 들으면서 한국어를 배워요. 聽韓國的新聞學韓文。

248 ☐ **만나다**

動 見面

친구하고 커피숍에서 만날 거예요. 跟朋友在咖啡廳見面。

249 ☐ **사다**

動 買

시장에서 사과와 포도를 샀어요. 在市場，買了蘋果和葡萄。

250 ☐ **팔다**

動 賣

이 가게에서 맛있는 초콜릿을 팔아요. 這家商店有賣很好吃的巧克力。

251 ☐ **주다**

動 給

이 책을 다음 주까지 줄게요. 到下星期為止給你這本書。

252 ☐ **살다**

動 住

영국에서 5년 동안 살았어요. 在英國住了5年的時間。

253 ☐ **공부하다**

動 念書

잠 자기 전 10분 동안 한국어를 공부해요. 睡前用10分鐘念韓文。

254 ☐ **배우다**

動 學習

요즘 요가를 배우고 있어요. 最近在學瑜珈。

255 ☐	읽다 [익따]	動 讀；念 일주일에 한 권 책을 읽어요. 一個星期讀一本書。
256 ☐	타다	動 搭；形 燒焦 지하철을 타고 회사에 가요. 搭地下鐵上班（去公司）。 음식이 다 탔어요. 菜都燒焦了。
257 ☐	쉬다	動 休息 주말에는 집에서 쉬어요. 週末在家休息。
258 ☐	쓰다	動 寫；戴（帽子、眼鏡） 일주일에 한 번씩 한국말로 일기를 써요. 一星期一次用韓文寫日記。 모자를 쓰고 외출해요. 戴帽子出門。
259 ☐	만들다	動 做 학교에서 케이크를 만들어요. 在學校做蛋糕。
260 ☐	가르치다	動 教 김 선생님은 영어를 가르쳐요. 金老師教英文。
261 ☐	받다 [받따]	動 收到、得到 오늘 생일 선물을 많이 받았어요. 今天收到很多生日禮物。
262 ☐	보내다	動 寄、送 매달 부모님께 편지를 보내요. 每個月寄信給父母親。
263 ☐	빌리다	動 借 도서관에서 책과 잡지를 빌려요. 在圖書館借書和雜誌。
264 ☐	수업하다 [수어파다]	動 上課 내일은 야외에서 수업을 해요. 明天在戶外上課。
265 ☐	수영하다	動 游泳 건강을 위해서 수영해요. 為了健康而游泳。
266 ☐	요리하다	動 烹飪、做料理 요즘 요리하는 남자가 많이 있어요. 最近有很多男生做料理。
267 ☐	전화하다	動 打電話 이따가 다시 전화해 주세요. 等一會兒請再打電話（給我）。

268 ☐ **노래하다**
動 唱歌
지금 텔레비전에서 한국 가수가 노래해요.
現在電視上，有韓國歌手在唱歌。

269 ☐ **운동하다**
動 運動
주말에 무슨 운동을 해요? 週末做什麼運動？

270 ☐ **일하다**
動 工作、上班
아내는 병원에서 일해요. 太太在醫院工作。

271 ☐ **구경하다**
動 觀賞、看
자주 동대문에서 옷을 구경해요. 在東大門看衣服。

272 ☐ **쇼핑하다**
動 逛街
어제 가족들하고 백화점에서 쇼핑했어요.
昨天和家人在百貨公司逛街。

273 ☐ **여행하다**
動 旅行
이번 겨울에 어디로 여행할 거예요? 今年冬天要去哪裡旅行？

274 ☐ **기다리다**
動 等
지금 회의 중이니까 잠깐만 기다리세요.
因為現在在開會，請等一下。

275 ☐ **시작하다** [시자카다]
動 開始
3개월 전부터 한국어를 배우기 시작했어요. 3個月前開始學韓文。

276 ☐ **끝나다** [끈나다]
動 結束
10분 후에 시험이 끝나요. 10分鐘後考試結束。

277 ☐ **열다**
動 開
생일 선물을 열어 보세요. 請打開生日禮物。

278 ☐ **결혼하다**
動 結婚
이분은 내일 결혼할 거예요. 這位明天要結婚。

279 ☐ **이사하다**
動 搬家
학교 근처로 이사하고 싶어요. 想搬到學校附近。

280 ☐ **걷다** [걷따]
動 走
매일 아침 걸어서 회사에 가요. 每天早上走路去公司。

📅 填字

1.	A.		B.		
		2.		C.	
3. D.					
			4.		
	E.				
	5.				

縱	橫
A. 買	1. 搬家
B. 來往	2. 走路
C. 等	3. 上課
D. 游泳	4. 借
E. 看	5. 來

📅 填空

받다	보내다	만들다	주다

1. 어제 우체국에 가서 편지를 (　　　).

2. 지난주에 아버지가 내 생일 선물을 사 (　　　).

3. 오늘 아버지께 생일 선물을 (　　　).

4. 어머니는 생일 케이크를 (　　　).

答案請見（P.211）

考前30分鐘小叮嚀

敬語和外來語

敬語意思	一般表現	敬語表現
人（位）	사람	분
家	집	댁
話	말	말씀
睡	자다	주무시다
見	보다, 만나다	뵙다
給（敬上）	주다	드리다
吃	먹다, 마시다	드시다
（人）有、在	(사람) 있다	계시다
生日（生辰）	생일	생신
年紀	나이	연세
飯（用餐）	밥	식사
痛、不舒服	아프다	편찮다
向、對	-에게, -한테	-께

外來語

照相機	카메라	電視	텔레비전
鋼琴	피아노	廣播	라디오
T-shirt	티셔츠	筆記型電腦	노트북
卡片	카드	杯子	컵
CD	시디	電梯	엘리베이터
果汁	주스	冷氣	에어컨
電腦	컴퓨터	襯衫	와이셔츠
演唱會	콘서트	尺寸	사이즈
蛋糕	케이크	餐廳	레스토랑
菜單	메뉴	連續劇	드라마

Day 8

☐ 281. 알다

☐ 282. 모르다

☐ 283. 나가다

☐ 284. 나오다

☐ 285. 그리다

☐ 286. 다녀오다

☐ 287. 세탁하다

☐ 288. 예약하다

☐ 289. 이용하다

☐ 290. 바꾸다

☐ 291. 갈아타다

☐ 292. 걸리다

☐ 293. 내다

☐ 294. 내리다

☐ 295. 닦다

☐ 296. 닫다

☐ 297. 도와주다

☐ 298. 도착하다

☐ 299. 되다

☐ 300. 드리다

☐ 301. 들어가다

☐ 302. 따라하다

☐ 303. 모으다

☐ 304. 생기다

☐ 305. 잃다

☐ 306. 전시하다

☐ 307. 지내다

☐ 308. 지키다

☐ 309. 찍다

☐ 310. 찾다

☐ 311. 치다

☐ 312. 필요하다

☐ 313. 벗다

☐ 314. 부치다

☐ 315. 설명하다

☐ 316. 외출하다

☐ 317. 웃다

☐ 318. 정하다

☐ 319. 취직하다

☐ 320. 할인하다

需要加強的單字請打 ✓

281 ☐	알다	動 知道
		회사 전화번호를 알아요? （你）知道公司的電話號碼嗎？

282 ☐	모르다	動 不知道、不懂
		말이 너무 빨라서 잘 모르겠어요. 話講太快，我不太懂。

283 ☐	나가다	動 出去；競（賽）
		과장님은 벌써 밖으로 나갔어요. 課長已經外出。
		올해 한국어 말하기 대회에 나갈 거예요. 今年要參加韓文演講比賽。

284 ☐	나오다	動 出來
		주방에서 물을 빨리 마시고 나오세요. 請從廚房快點喝水出來。

285 ☐	그리다	動 畫畫
		이 아이는 그림을 잘 그려요. 這位小朋友很會畫畫。

286 ☐	다녀오다	動 去過、回來
		엄마, 학교 다녀올게요. 媽媽，我出門上學再回來。

287 ☐	세탁하다 [세타카다]	動 洗衣服
		바구니에 세탁할 옷이 있어요. 籃子裡，有要洗的衣服。

288 ☐	예약하다 [예야카다]	動 預約
		다음 주 화요일 저녁에 예약하고 싶어요. 想預約下星期二晚上。

289 ☐	이용하다	動 使用、利用
		학교 수영장을 자주 이용해요. （我）常使用學校的游泳池。

290 ☐	바꾸다	動 換
		오전에 한국돈을 대만돈으로 바꿨어요. 上午把韓幣換成台幣。

291 ☐	갈아타다 [가라타다]	動 換車、轉乘
		이번 역에서 갈아타세요. 請在本站轉車。

292 ☐	걸리다	動 需要、花費（時間或距離）
		회사까지 오토바이로 30분 걸려요. 到公司騎摩托車需要30分鐘。

293 ☐	내다	動 交；出
		숙제를 지금 내세요. 現在請交功課。

294 ☐	내리다	動 下車
		다음 역에서 내리세요. 請下一站下車。

295 ☐	닦다 [닥따]	動 擦、刷 저녁에 이를 깨끗이 닦아야 해요. 晚上必須把牙齒刷乾淨。
296 ☐	닫다 [닫따]	動 關 추워서 문을 닫았어요. 因為冷，所以關了門。
297 ☐	도와주다	動 幫忙 언니가 내 숙제를 자주 도와줘요. 姊姊常常幫我寫功課。
298 ☐	도착하다 [도차카다]	動 抵達 이제 곧 대만 공항에 도착할 거예요. 現在就要抵達台灣機場。
299 ☐	되다	動 成為 친구는 디자이너가 되었어요. （我）朋友成為設計師。
300 ☐	드리다	動 給；提供（주다的敬語） 할머니께 차를 드리세요. 請你給奶奶一杯茶。
301 ☐	들어가다 [드러가다]	動 進去 조심히 교실로 들어가세요. 進教室請小心。
302 ☐	따라하다	動 跟著做 발음을 잘 따라하세요. 請跟著我發音。
303 ☐	모으다	動 收集 친구는 여러 나라 동전을 모아요. 朋友收集各國硬幣。
304 ☐	생기다	動 產生、出 한국어를 배우면서 한국 문화에 관심이 생겼어요. 學韓語同時對韓國文化產生興趣。
305 ☐	잃다 [일타]	動 丟、遺失 오늘 학교에서 볼펜을 잃어 버렸어요. 今天在學校弄丟了原子筆。
306 ☐	전시하다	動 展示 이 그림은 토요일까지 전시해요. 這幅畫展示到星期六。
307 ☐	지내다	自 過日子 이번 주는 너무 바쁘게 지냈어요. 這星期過得很忙。
308 ☐	지키다	動 遵守；保護；維持 규칙을 잘 지켜야 해요. 必須好好遵守規則。

309 ☐ **찍다** [찍따]

動 拍（照）；蓋（章）
오늘 공원에서 사진을 많이 찍었어요. 今天在公園拍了很多照片。
여기에 도장을 찍어 주세요. 請在這裡蓋章。

310 ☐ **찾다** [찯따]

動 找、尋找
룸메이트를 찾아요. （我）找室友。

311 ☐ **치다**

動 彈；打
주말에 피아노도 치고 테니스도 쳐요. 週末又彈鋼琴又打網球。

312 ☐ **필요하다** [피료하다]

動 需要
지금 무엇이 필요합니까? 現在需要什麼？

313 ☐ **벗다** [벋따]

動 脫
실내에서는 신발을 벗어 주세요. 室內請脫鞋。

314 ☐ **부치다**

動 寄
집 근처에 우체국이 있어서 편지 부칠 때 편리해요.
因為住家附近有郵局，所以寄信時很方便。

315 ☐ **설명하다**

動 說明
중요한 내용을 먼저 설명해 주세요. 請先說明重要的內容。

316 ☐ **외출하다**

動 外出
우리 할머니는 매일 외출하지 않아요. 我奶奶不會每天外出。

317 ☐ **웃다** [욷따]

動 笑
많이 웃으면 좋은 일이 많이 생겨요. 多笑會引發很多好事。

318 ☐ **정하다**

動 定；決心
친구와 만나는 약속을 정했어요. 和朋友約定好要見面。

319 ☐ **취직하다** [취지카다]

動 就職、就業
요즘 취직하기가 쉽지 않아요. 最近就業不容易。

320 ☐ **할인하다** [하린하다]

動 折扣、打折
이 가방은 할인해서 2만원이에요. 這個包包折扣後2萬韓圜。

填字

	1.		B.	2.	
A.					
		3.			
4. C.				6.	
			5. D.		

縱
1. 花、需要（時間）
2. 打
3. 笑
4. 收集
5. 交
6. 敬上

橫
A. 畫畫
B. 寄
C. 不知道
D. 下車

填空

예약하다	이용하다	설명하다	필요하다

1. 다음 달에 한국으로 갈 거예요. 비행기표를 (   ).

2. 외국에 갈 때 항상 비행기를 (   ).

3. 해외 여행을 갈 때 여권이 (   ).

4. 여권을 만들고 싶어요. 만드는 방법을 (   ) 주세요.

答案請見（P.211）

☕ 順序數詞

漢字語順序

第一	제 일	第四	제 사
第二	제 이	第五	제 오
第三	제 삼	第六	제 육

＊使用於課本第1課「제 1과」、第1天「제 1일」等。

純韓語順序

第一	첫째	第一次	첫번째
第二	둘째	第二次	두번째
第三	셋째	第三次	세번째
第四	넷째	第四次	네번째
第五	다섯째	第五次	다섯번째
第六	여섯째	第六次	여섯번째

＊ 使用於第1天「첫째날」、第2個女兒（次女）「둘째 딸」等。

日數

一天	하루	六天	엿세
二天	이틀	七天	이레
三天	사흘	八天	여드레
四天	나흘	九天	아흐레
五天	닷세	十天	열흘

Self-Check需要加強的單字請打 ✓

- [ ] 321. 재미있다
- [ ] 322. 가깝다
- [ ] 323. 가볍다
- [ ] 324. 깨끗하다
- [ ] 325. 넓다
- [ ] 326. 짧다
- [ ] 327. 맑다
- [ ] 328. 작다
- [ ] 329. 즐겁다
- [ ] 330. 크다
- [ ] 331. 어렵다
- [ ] 332. 조용하다
- [ ] 333. 멀다
- [ ] 334. 길다

- [ ] 335. 늦다
- [ ] 336. 다르다
- [ ] 337. 똑같다
- [ ] 338. 예쁘다
- [ ] 339. 유명하다
- [ ] 340. 적다
- [ ] 341. 따뜻하다
- [ ] 342. 아프다
- [ ] 343. 힘들다
- [ ] 344. 많다
- [ ] 345. 바쁘다
- [ ] 346. 빠르다
- [ ] 347. 시원하다
- [ ] 348. 친절하다

- [ ] 349. 편하다
- [ ] 350. 행복하다
- [ ] 351. 같다
- [ ] 352. 건강하다
- [ ] 353. 높다
- [ ] 354. 맛있다
- [ ] 355. 멋지다
- [ ] 356. 밝다
- [ ] 357. 비싸다
- [ ] 358. 싸다
- [ ] 359. 좋다
- [ ] 360. 춥다

需要加強的單字請打 ✓

321 ☐	**재미있다** [재미읻따]	形 有趣 한국 예능 프로그램이 재미있어요. 韓國的綜藝節目很有趣。
322 ☐	**가깝다** [가깝따]	形 近 집과 버스정류장이 가까워요. 住家離停車場很近。
323 ☐	**가볍다** [가볍따]	形 輕 이 그릇은 정말 가벼워요. 這個碗真輕。
324 ☐	**깨끗하다** [깨끄타다]	形 乾淨 교실이 조용하고 깨끗해요. 教室很安靜又乾淨。
325 ☐	**넓다** [널따]	形 寬敞、大 집 근처에 넓은 공원이 있어요. 住家附近有很大（寬敞）的公園。
326 ☐	**짧다** [짤따]	形 短 오늘 미용실에 가서 자른 머리는 너무 짧아요. 今天去美容院剪的頭髮，太短了。
327 ☐	**맑다** [막따]	形 清、清新；晴朗 오늘은 날씨가 맑아서 산책할 거예요. 今天天氣很晴朗，所以要散步。
328 ☐	**작다** [작따]	形 小 오늘 시장에서 산 사과는 크기가 작아요. 今天在市場買的蘋果（尺寸）很小。
329 ☐	**즐겁다** [즐겁따]	形 愉快 학생들이 즐겁게 춤을 춰요. 學生跳舞跳得很愉快。
330 ☐	**크다**	形 大 이 시장은 크고 물건도 많아요. 這裡的市場很大，東西也很多。
331 ☐	**어렵다** [어렵따]	形 難 시험 준비가 어려워요. 準備考試很難。
332 ☐	**조용하다**	形 安靜 모두 잠을 자서 조용해요. 大家都睡覺了，所以很安靜。
333 ☐	**멀다**	形 遠 미국까지는 거리가 멀어요. 到美國的距離很遠。
334 ☐	**길다**	形 長 머리가 길어서 자를 거예요. 因為頭髮很長，所以要剪（頭髮）。

335 ☐	늦다 [늗따]	形 晚、遲 차가 막혀서 많이 늦었어요. 因為塞車所以很晚到。
336 ☐	다르다	形 不一樣、不同 이 학교와 저 학교는 많이 달라요. 這所學校和那所學校很不一樣。 우리 반에 국적이 다른 사람들이 많아요. 我們班上有很多不同國籍的人。
337 ☐	똑같다 [똑깓따]	形 一模一樣 두 사람의 나이가 똑같아요. 兩個人的年紀是一樣的。
338 ☐	예쁘다	形 漂亮 옷과 머리 모양이 정말 예뻐요. 衣服和髮型真漂亮。
339 ☐	유명하다	形 有名 이 식당이 타이완에서 제일 유명해요. 這家餐廳在台灣最有名。
340 ☐	적다 [적따]	形 少；動 寫 이 음식에 소금이 적어서 맛이 없어요. 這道菜鹽巴（加）很少，不好吃。 여기에 주소를 적어 주세요. 請在這裡寫地址。
341 ☐	따뜻하다 [따뜨타다]	形 溫暖 봄 날씨는 정말 따뜻해요. 春天的天氣，真溫暖。
342 ☐	아프다	形 痛、不舒服 머리가 아파서 약을 먹어야 해요. 因為頭很痛得要吃藥。
343 ☐	힘들다	形 累、辛苦 등산하면 힘들지만 기분이 좋아요. 爬山雖然很累但心情很好。
344 ☐	많다 [만타]	形 多 운동장에 사람이 많이 있어요. 在運動場有很多人。
345 ☐	바쁘다	形 忙 연말에 사람들이 모두 바빠요. 年底人們都很忙碌。
346 ☐	빠르다	形 快 고속철도는 속도가 빨라요. 高速鐵路的速度很快。
347 ☐	시원하다	形 涼快 가을 날씨가 시원해요. 秋天的天氣很涼快。
348 ☐	친절하다	形 親切 이 학원의 선생님들이 모두 친절해요. 這家補習班的老師都很親切。

349 ☐ **편하다**
形 舒服
이 의자는 앉으면 아주 편해요. 這張椅子坐下來很舒服。

350 ☐ **행복하다** [행보카다]
形 幸福
친구들과 만나서 이야기하면 행복해요. 跟朋友見面聊天很幸福。

351 ☐ **같다** [갇따]
形 一樣
이 두 물건은 가격이 같아요. 這兩個東西價格一樣。

352 ☐ **건강하다**
形 健康
우리 아버지와 어머니는 건강하세요. 我的父親很健康。

353 ☐ **높다** [놉따]
形 高
이 빌딩은 타이베이에서 제일 높아요. 這棟大樓是台北最高的。

354 ☐ **맛있다** [마딛따/ 마싣따]
形 好吃
한국 음식이 모두 맛있어요. 韓國菜都很好吃。

355 ☐ **멋지다** [먿찌다]
形 帥氣、很棒（＝멋있다）
이 배우는 드라마에서 정말 멋져요. 這位演員在電視劇中，真的很帥。

356 ☐ **밝다** [박따]
形 亮
날씨가 좋아서 방 안이 밝아요. 天氣很好，因此房間很明亮。

357 ☐ **비싸다**
形 貴
자동차는 가격이 비싸요. 汽車價錢很貴。

358 ☐ **싸다**
形 便宜
할인하면 가격이 정말 싸요. 折扣下來價錢真便宜。

359 ☐ **좋다** [조타]
形 好
친구와 차를 마시니까 기분이 좋아요. 和朋友一起喝茶，所以心情很好。

360 ☐ **춥다** [춥따]
形 冷
한국의 겨울은 정말 추워요. 韓國的冬天，真的很冷。

📅 填字

1.				3.			4.	
			C.					
		B.	2.			D.		

縱	橫
1. 輕	1. 近
2. 便宜	B. 貴
3. 不一樣	C. 快
4. 幸福	D. 舒服

📅 填空

밝다	맑다	짧다	넓다

1. 어제는 비가 왔는데 오늘은 날씨가 (　　　).

2. 학교 운동장이 정말 (　　　).

3. 내 방은 창문이 커서 항상 (　　　).

4. 동생 바지는 저에게 너무 (　　　).

答案請見（P.212）

味道和天氣

味道

辣	맵다	苦	쓰다
甜	달다	酸	시다
鹹	짜다		

天氣

清涼	맑다	涼快	시원하다
熱	덥다	冷	춥다
下雨	비가 오다	溫暖	따뜻하다
梅雨	장마가 지다	下雪	눈이 오다
陰	흐리다	吹風	바람이 불다
颱風來襲	태풍이 오다	結冰	얼다

Day 10

- ☐ 361. 가끔
- ☐ 362. 같이
- ☐ 363. 그렇지만
- ☐ 364. 금방
- ☐ 365. 꼭
- ☐ 366. 나중
- ☐ 367. 너무
- ☐ 368. 다시
- ☐ 369. 똑바로
- ☐ 370. 많이
- ☐ 371. 자주
- ☐ 372. 먼저
- ☐ 373. 아주
- ☐ 374. 벌써

- ☐ 375. 별로
- ☐ 376. 빨리
- ☐ 377. 안
- ☐ 378. 일찍
- ☐ 379. 잠깐
- ☐ 380. 얼마
- ☐ 381. 조금
- ☐ 382. 좀
- ☐ 383. 천천히
- ☐ 384. 모두
- ☐ 385. 새로
- ☐ 386. 아직
- ☐ 387. 잘
- ☐ 388. 아마

- ☐ 389. 들다
- ☐ 390. 제
- ☐ 391. 거기
- ☐ 392. 누구
- ☐ 393. 무엇
- ☐ 394. 모든
- ☐ 395. 무슨
- ☐ 396. 몇
- ☐ 397. 어디
- ☐ 398. 언제
- ☐ 399. 언제나
- ☐ 400. 왜

MP3-10

需要加強的單字請打 ✓

361 ☐ **가끔**
副 偶爾
가끔 집 앞 공원에서 산책해요. 偶爾在家前面的公園散步。

362 ☐ **같이** [가치]
副 一起
일요일에 같이 도서관에 갑시다. 星期日一起去圖書館吧。

363 ☐ **그렇지만** [그러치만]
副 然而、雖然如此
남동생이 미국에 있어요. 그렇지만 자주 전화해요.
雖然（我）弟弟在美國。然而常（跟他）講電話。

364 ☐ **금방**
副 很快、馬上
조금만 기다리세요. 금방 퇴근할 거예요.
請稍候。（我）馬上下班。

365 ☐ **꼭**
副 一定、務必
내일은 꼭 우산을 가져오세요. 明天請你一定要帶雨傘來。

366 ☐ **나중**
副 以後
나중에 다시 전화하세요. 請以後再打電話過來。

367 ☐ **너무**
副 太
너무 늦게 일어나서 지각했어요. 太晚起床所以遲到了。

368 ☐ **다시**
副 再、重新
종이를 다시 한 장 주세요. 請再給我一張紙。

369 ☐ **똑바로** [똑빠로]
副 一直往前
길을 건너서 똑바로 가세요. 請過馬路一直往前走。

370 ☐ **많이** [마니]
副 多
새해 복 많이 받으세요. 新年快樂（新年祝您多得到很多的福氣）。

371 ☐ **자주**
副 常常
요즘도 그 친구와 자주 만나요. 最近也和那個朋友常常見面。

372 ☐ **먼저**
副 首先
먼저 손을 씻고 밥을 먹어요. 先洗手再吃飯。

373 ☐ **아주**
副 非常
한국 드라마가 아주 재미있어요. 韓劇非常有趣。

374 ☐ **벌써**
副 已經
벌써 퇴근할 시간이 되었네요. 已經到了下班時間呢。

| 375 ☐ | 별로 | 副 別、（不）太、（沒）怎麼（接否定詞） |
| | | 고기는 별로 좋아하지 않아요. （我）不太喜歡肉（類）。 |

| 376 ☐ | 빨리 | 副 快 |
| | | 빨리 아침 식사를 준비하세요. 請快點準備早餐。 |

| 377 ☐ | 안 | 副 不（不的縮寫用法，接再動詞前） |
| | | 오늘도 점심을 안 먹었어요. 今天也不吃午餐。 |

| 378 ☐ | 일찍 | 副 早 |
| | | 아침 일찍 출근해요. 早上很早上班。 |

| 379 ☐ | 잠깐 | 副 暫時、一會兒 |
| | | 과장님이 잠깐 자리에 안 계십니다. 課長暫時不在位子上。 |

| 380 ☐ | 얼마 | 代 多少 |
| | | 지갑에 동전이 얼마 있어요? 錢包裡有多少硬幣？ |

| 381 ☐ | 조금 | 副 一點、少量 |
| | | 이 옷은 저에게 조금 작아요. 這件衣服對我來說有一點小。 |

| 382 ☐ | 좀 | 副 稍微、一點（=조금） |
| | | 목이 마르니까 물 좀 주세요. 口渴，請給我一點水。 |

| 383 ☐ | 천천히 | 副 慢慢地 |
| | | 다시 한번 천천히 말해 주세요. 請再慢慢說一遍。 |

384 ☐	모두	副 都、名 全部
		사과 하나, 배 두 개, 모두 얼마예요?
		一個蘋果、兩個梨子，全部多少錢？

| 385 ☐ | 새로 | 副 新 |
| | | 지난주에 이 모자를 새로 샀어요. 上星期新買了這頂帽子。 |

386 ☐	아직	副 還（接否定詞）
		도착할 시간이 지났는데 아직 안 왔어요.
		已經過了預定的抵達時間，但他還沒到。

| 387 ☐ | 잘 | 副 好、好好、很好 |
| | | 새로 이사한 집에서 잘 지내요. 在新家過得很好。 |

| 388 ☐ | 아마 | 副 可能 |
| | | 아마 내일은 비가 올 거예요. 明天可能會下雨。 |

389 ☐ **들다**

冠形（喜歡）上、看中

이 음식점의 음식은 항상 마음에 들어요.　總是喜歡這家餐廳的菜。

390 ☐ **제**

代 我的（=저의）

제 가방 안에 책이 두 권 있어요.　我的包包裡面有兩本書。

391 ☐ **거기**

代 那裡

거기에서 우리 학교까지는 10분쯤 걸려요.

從（你）那裡到我學校需要10分鐘左右。

392 ☐ **누구**

代 誰

수미 씨 옆에 앉은 사람이 누구예요?　坐在秀美旁邊的人是誰？

393 ☐ **무엇**

代 什麼

가방 속에 무엇이 있어요?　包包裡面有什麼？

394 ☐ **모든**

冠 所有、一切、全部（接名詞）

여기에 있는 모든 사람들이 운동을 좋아해요.

在這裡所有的人都喜歡運動。

395 ☐ **무슨**

冠 什麼（接名詞）

무슨 한국 음식을 좋아해요?　喜歡什麼韓國菜呢？

396 ☐ **몇** [면]

冠 幾

몇 시부터 몇 시까지 회사에서 일해요?　從幾點到幾點在公司上班？

397 ☐ **어디**

代 哪裡

어디까지 자전거를 타고 가요?　到哪裡去騎腳踏車？

398 ☐ **언제**

代 什麼時候

언제까지 신청서를 내야 해요?　什麼時候要交申請書？

399 ☐ **언제나**

副 總是

김 선생님은 언제나 일찍 와요.　金老師總是提早來（學校）。

400 ☐ **왜**

代 為什麼

오늘 왜 학교에 안 왔어요?　今天為什麼沒來學校？

📅 填字

1.			4.	
			5.	
	3.			
2.			6.	

縱	橫
1. 什麼時候	1. 總是
2. 還（沒）	2. 非常
3. 常常	
4. 太	
5. 什麼（接名詞）	5. 什麼
6. 全部	6. 全部（接名詞）

📅 填空

무엇	무슨	모두	모든

1. 우리 학교 (　　　) 학생들은 대만 사람입니다.

2. 오늘 저녁은 (　　　) 음식을 먹을까요?

3. 책상 옆에 (　　)이 있어요?

4. 이 책 내용이 (　　　) 재미있어요.

答案請見（P.212）

考前30分鐘小叮嚀

☕ 接續副詞

還有	그리고	又	또
但是	그러나	然而	그렇지만
可是	그런데	然而	하지만
所以	그래서	所以	그러니까
因此	왜냐하면	還是、仍然	그래도
那麼	그러면 (그럼)		

Part

02

必備單字600

韓檢初級考試題型的另一趨勢，就是聽或看2〜3句對話，甚至依圖案的內容來選主題或對話的地點等。因此，本單元是將Part 1沒有列出來的重要單字分成五個類別（場所、物品、人、興趣、自然環境等），不但背單字，也能熟悉考題。

例句的語體為初級考試聽力及閱讀一定會考的「-습니다形」為主，考生可以邊複習單字邊熟悉常考的文句。最後用「小測驗」檢視自己是否都清楚每天的單字內容。

Day 11

☐ 401. 산	☐ 415. 해외	☐ 429. 유치원
☐ 402. 강당	☐ 416. 관광지	☐ 430. 음악회
☐ 403. 거리	☐ 417. 건너다	☐ 431. 주차장
☐ 404. 기차	☐ 418. 건물	☐ 432. 지하
☐ 405. 문	☐ 419. 계단	☐ 433. 직장
☐ 406. 빵집	☐ 420. 빌딩	☐ 434. 층
☐ 407. 사진관	☐ 421. 세탁소	☐ 435. 참가하다
☐ 408. 운동장	☐ 422. 슈퍼마켓	☐ 436. 통하다
☐ 409. 지하철역	☐ 423. 시내	☐ 437. 대사관
☐ 410. 출발하다	☐ 424. 야구장	☐ 438. 더럽다
☐ 411. 콘서트	☐ 425. 야외	☐ 439. 복잡하다
☐ 412. 편의점	☐ 426. 여행사	☐ 440. 불편하다
☐ 413. 하숙집	☐ 427. 운동회	
☐ 414. 아름답다	☐ 428. 위	

需要加強的單字請打 ✓

| 401 ☐ | 산 | 名 山 |
| | | 주말에 아버지하고 산에 갈 겁니다. 週末要和父親爬山。 |

| 402 ☐ | 강당 | 名 禮堂 |
| | | 오늘 강당에서 졸업식을 했습니다. 今天在禮堂舉辦畢業典禮。 |

403 ☐	거리	名 街頭
		거리에 사람이 많기 때문에 가방을 조심해야 합니다.
		因為街頭人很多要小心包包。

404 ☐	기차	名 火車
		서울에서 부산까지 기차로 가려고 합니다.
		從首爾到釜山要搭火車去。

| 405 ☐ | 문 | 名 門 |
| | | 화장실은 문 오른쪽에 있습니다. 洗手間在門的右邊。 |

| 406 ☐ | 빵집 [빵찝] | 名 麵包店 |
| | | 매일 아침 빵집에서 빵을 삽니다. 每天早上在麵包店買麵包。 |

| 407 ☐ | 사진관 | 名 照相館 |
| | | 해마다 사진관에서 가족사진을 찍습니다. 每年去照相館拍全家福。 |

| 408 ☐ | 운동장 | 名 運動場 |
| | | 친구가 운동장에서 축구를 합니다. 朋友在運動場踢足球。 |

409 ☐	지하철역 [지하철력]	名 地下鐵站
		지하철역에서 여러 사람들이 노래하고 춤춥니다.
		有很多人在地下鐵站唱歌跳舞。

| 410 ☐ | 출발하다 | 動 出發 |
| | | 내일 오전 9시에 출발하겠습니다. 明天上午9點要出發。 |

| 411 ☐ | 콘서트 [콘써트] | 名 演唱會 |
| | | 인터넷으로 콘서트도 볼 수 있습니다. 用網路也可以看演唱會。 |

| 412 ☐ | 편의점 [펴니점] | 名 便利商店 |
| | | 주말에 편의점에서 아르바이트를 합니다. 週末在便利商店打工。 |

| 413 ☐ | 하숙집 [하숙찝] | 名 招待所 |
| | | 하숙집의 아침 식사는 맛있습니다. 招待所的早餐很好吃。 |

| 414 ☐ | 아름답다 [아름답따] | 形 美 |
| | | 아름다운 야경을 보면서 식사를 했습니다. 看著很美的夜景邊吃飯。 |

415 ☐	해외	名 海外 해외에서도 한국 음식을 먹을 수 있습니다. 在海外也可以吃到韓國料理。
416 ☐	관광지	名 觀光地 유명한 관광지에는 항상 사람들이 많습니다. 有名的觀光地總是人很多。
417 ☐	건너다	動 過（馬路） 길을 건널 때 조심하세요. 過馬路時要小心。
418 ☐	건물	名 建築 밖은 춥지만 건물 안은 따뜻합니다. 雖然外面很冷，但建築裡面很溫暖。
419 ☐	계단	名 階梯 계단 아래에서 위를 보세요. 從階梯下往上看。
420 ☐	빌딩	名 大樓 여기는 빌딩이 많이 있습니다. 這裡有很多大樓。
421 ☐	세탁소 [세탁쏘]	名 洗衣店 집 근처에 세탁소가 있어서 편리합니다. 因為家附近有洗衣店，很方便。
422 ☐	슈퍼마켓	名 超級市場 슈퍼마켓에서 우유와 과일을 샀습니다. 在超市買了牛奶和水果。
423 ☐	시내	名 市區 시내에서 밥을 먹고 구경했습니다. 在市區吃飯觀光（走走）。
424 ☐	야구장	名 棒球場 한 달에 한 번씩 야구장에 갑니다. 一個月去一次棒球場（看棒球）。
425 ☐	야외	名 戶外 여름에 공원에서 야외 음악회를 합니다. 夏天在公園舉辦戶外音樂會。
426 ☐	여행사	名 旅行社 친구가 여행사에 다닙니다. 朋友在旅行社工作。
427 ☐	운동회	名 運動會 봄과 가을에 운동회를 합니다. 春天和秋天舉辦運動會。
428 ☐	위	名 上 창문 위에 꽃이 있습니다. 窗戶上面有花。

429 □ **유치원**

名 幼稚園
유치원에서 아이들이 놉니다. 小孩在幼稚園玩。

430 □ **음악회** [으마쾌]

名 音樂會
사람들이 오늘 저녁 음악회를 준비합니다.
人們在準備今天晚上的音樂會。

431 □ **주차장**

名 停車場
주차장은 지하 일층으로 가세요. 請到地下一樓停車場。

432 □ **지하**

名 地下
지하 일 층부터 오 층까지는 주차장입니다. 從地下一樓到五樓是停車場。

433 □ **직장** [직짱]

名 工作的地方、公司
친구는 학교를 졸업하고 직장에 다닙니다.
朋友學校畢業後去公司（職場）工作。

434 □ **층**

名 層、樓
우리 집은 이 빌딩 5층에 있습니다. 我家在這棟大樓的5樓。

435 □ **참가하다**

動 參加
올해 시민 마라톤 대회에 참가할 겁니다.
今年要參加市民馬拉松比賽。

436 □ **통하다**

動 通
지하철역에서 똑바로 걸어가면 백화점으로 통합니다.
在地下鐵站往前一直走，連通到百貨公司。

437 □ **대사관**

名 大使館
저기 가장 높은 빌딩 안에 대사관이 있습니다.
大使館位在那裡最高的大樓裡。

438 □ **더럽다**

形 髒
오랫동안 정리하지 않아서 사무실이 더럽습니다.
好久沒有整理，所以辦公室很髒。

439 □ **복잡하다**
[복짜파다]

形 複雜
연휴 기간이라서 길에 사람이 많고 복잡합니다.
因為連休期間路上人很多，很複雜。

440 □ **불편하다**

形 不方便
매일 매일 쓰레기를 버릴 수 없어서 불편합니다.
無法每天丟垃圾，很不方便。

🔍 小測驗

1. 집 앞에 (　　　) 있습니다. 정말 편리합니다.
   ① 음악회가　　　　② 야외가
   ③ 시내가　　　　　④ 편의점이

2. 그림을 잘 그립니다. 미술 대회에 (　　　).
   ① 통합니다　　　　② 참가합니다
   ③ 출발합니다　　　④ 옵니다

3. 공원에 갑니다. 꽃이 (　　　).
   ① 복잡합니다　　　② 불편합니다
   ③ 아릅답습니다　　④ 맛있습니다

4. 방에 들어갑니다. 책상 (　　　)에 꽃이 있습니다.
   ① 위　　　　　　　② 층
   ③ 지하　　　　　　④ 계단

5. 은행에 갑니다. (　　　)은 은행 옆에 있습니다.
   ① 슈퍼마켓　　　　② 운동회
   ③ 여행사　　　　　④ 음악회

6. 비가 옵니다. (　　　)에서 음악회를 못 합니다.
   ① 지하　　　　　　② 대사관
   ③ 야외　　　　　　④ 주차장

7. 사람이 많습니다. 길이 (　　　).
   ① 참가합니다　　　② 불편합니다
   ③ 복잡합니다　　　④ 아름답습니다

8. 지하철을 탈 겁니다. (　　　)에 갑니다.
   ① 백화점　　　　　② 슈퍼마켓
   ③ 관광지　　　　　④ 지하철역

答案請見（P.212）

「ㄷ」不規則變化

語幹「ㄷ」結尾的動詞，有一部分接「ㅏ」或「ㅓ」結尾結合時，「ㄷ」的尾音改為「ㄹ」。

原形	頻率	-아/어요 （現在式）	-았/었어요 （過去式）	-아/어서 （原因）	-으면 （條件）
걷다 走	★★★	걸어요	걸었어요	걸어서	걸으면
듣다 聽	★★★	들어요	들었어요	들어서	들으면
묻다 問	★★★	물어요	물었어요	물어서	물으면
깨닫다 領悟	★	깨달아요	깨달았어요	깨달아서	깨달으면
긷다 汲水	★	길어요	길었어요	길어서	길으면
싣다 裝載	★	실어요	실었어요	실어서	실으면

「ㄷ」規則變化（頻率）

닫다 關閉（★★★）、받다 收到（★★★）、믿다 相信（★★）、얻다 得到（★★）、묻다 埋（★）、쏟다 傾注（★）。

Day 12

☐ 441. 공연장	☐ 455. 세계	☐ 469. 정류장
☐ 442. 광장	☐ 456. 시청	☐ 470. 주변
☐ 443. 교통	☐ 457. 안	☐ 471. 역
☐ 444. 꽃집	☐ 458. 길	☐ 472. 연습실
☐ 445. 남쪽	☐ 459. 농장	☐ 473. 옆
☐ 446. 대학교	☐ 460. 대학	☐ 474. 예식장
☐ 447. 댁	☐ 461. 행사	☐ 475. 오른쪽
☐ 448. 동네	☐ 462. 다리	☐ 476. 한식당
☐ 449. 동쪽	☐ 463. 막다	☐ 477. 파티
☐ 450. 마당	☐ 464. 배낭여행	☐ 478. 속도
☐ 451. 매표소	☐ 465. 하숙비	☐ 479. 어둡다
☐ 452. 문구점	☐ 466. 관광객	☐ 480. 순서
☐ 453. 밑	☐ 467. 섬	
☐ 454. 부엌	☐ 468. 입학식	

MP3-12

需要加強的單字請打 ✓

| 441 ☐ | **공연장** | 名 演出場地、劇場、舞台場地 |
| | | 이 공원은 주말에 공연장이 됩니다. 這裡的公園到週末變成舞台場地。 |

| 442 ☐ | **광장** | 名 廣場 |
| | | 서울광장에서 축구를 봅니다. 在首爾廣場看球賽。 |

| 443 ☐ | **교통** | 名 交通 |
| | | 새로 이사한 집은 교통이 아주 편리합니다. 新搬的家交通非常方便。 |

| 444 ☐ | **꽃집** [꼳찝] | 名 花店 |
| | | 꽃집에서 화분을 샀습니다. 在花店買了花盆。 |

| 445 ☐ | **남쪽** | 名 南邊 |
| | | 남쪽이 북쪽보다 따뜻합니다. 南邊比北邊溫暖。 |

| 446 ☐ | **대학교** [대학꾜] | 名 大學校、大學（指4年制） |
| | | 서울대학교가 어디에 있습니까? 首爾大學在哪裡？ |

| 447 ☐ | **댁** | 名 家（집的敬語） |
| | | 어제 선생님 댁에 전화했습니다. 昨天打電話到老師家。 |

| 448 ☐ | **동네** | 名 村里、社區 |
| | | 우리 동네에 외국인이 많이 삽니다. 我們社區住很多外國人。 |

| 449 ☐ | **동쪽** | 名 東邊 |
| | | 공원의 동쪽에 버스 정류장이 있습니다. 公園的東邊有公車站。 |

| 450 ☐ | **마당** | 名 庭園 |
| | | 마당에서 여러 가지 꽃을 키웁니다. 在庭園中種植各式各樣的花。 |

| 451 ☐ | **매표소** | 名 售票處 |
| | | 매표소에서 입장권을 살 수 있습니다. 在售票處可以買到入場券。 |

| 452 ☐ | **문구점** | 名 文具店 |
| | | 문구점에 가서 연필과 지우개를 샀습니다. 去文具店買了鉛筆和橡皮擦。 |

| 453 ☐ | **밑** [믿] | 名（正）下 |
| | | 의자 밑에 볼펜이 있습니다. 椅子正下方有原子筆。 |

| 454 ☐ | **부엌** [부억] | 名 廚房 |
| | | 엄마가 부엌에서 요리를 합니다. 母親在廚房做料理。 |

| 455 ☐ | **세계** | 名 世界 |
| | | 이 책은 세계의 박물관을 소개합니다. 這本書在介紹世界博物館。 |

456 ☐	시청	名 市政府
		시청 앞에는 사람들이 많이 있습니다. 市政府前面有很多人。

457 ☐	안	名 內、內部、裡面
		교실 안에서 친구들과 이야기했습니다. 在教室裡和朋友聊天。

458 ☐	길	名 路
		길에서 여러 가지 나무와 꽃을 볼 수 있습니다. 路上可以看到各式各樣的樹木及花。

459 ☐	농장	名 農場
		이 우유는 매일 아침 농장에서 가져 옵니다. 這瓶牛奶是每天早上從農場送來。

460 ☐	대학	名 大學（指2年制，似台灣2年制技術學院）
		대학에서 2년 동안 공부했습니다. 在大學念了兩年書

461 ☐	행사	名 活動
		이번 주말에는 회사에 행사가 있습니다. 這個週末公司有活動。

462 ☐	다리	名 腳；橋
		어제 학교에서 다리를 다쳤습니다. 昨天在學校腳受了傷。
		이 다리를 건너면 왼쪽에 시장이 있습니다. 過這條橋的左邊，就有市場。

463 ☐	막다 [막따]	動 塞、擋；封
		오늘 오후에 행사가 있어서 이 길을 막고 있습니다. 今天下午有活動，所以這條路封起來了。

464 ☐	배낭여행	名 背包旅行
		대학생이 되면 방학에 배낭여행을 다닐 겁니다. 成為大學生後要去背包旅行。

465 ☐	하숙비 [하숙삐]	名 住宿費
		한 달 하숙비에 아침 식사 비용이 들어 있습니다. 一個月的住宿費中，包含了早餐費。

466 ☐	관광객	名 觀光客
		관광객이 많이 가는 곳에서 물건을 조심해야 합니다. 在觀光客很多的地方，必須小心物品。

467 ☐	섬	名 島
		배를 타고 섬으로 여행갑니다. 坐船到島上旅行。

468 ☐	입학식 [이팍씩]	名 入學典禮
		저의 입학식에 가족과 친구들이 왔습니다. 家人和朋友都來了我的入學典禮。

469 □ **정류장** [정뉴장]
名 站、公車站
집에서 정류장이 가깝습니다. 公車站離家很近。

470 □ **주변**
名 周邊、附近
집 주변에 가게가 있습니까? 住家附近有商店嗎？

471 □ **역**
名 站（捷運、地下鐵及火車）
기차역 앞은 아주 복잡합니다. 火車站前面很擁擠。

472 □ **연습실** [연습씰]
名 練習室
이 연습실 사용 시간은 오전 9시부터입니다.
這間練習室的使用時間是從9點開始。

473 □ **옆** [엽]
名 旁
박물관 옆에서 친구하고 같이 사진을 찍었습니다.
在博物館旁邊和朋友一起拍照。

474 □ **예식장** [예식짱]
名 婚禮大廳
이번 토요일에 친구가 예식장에서 결혼합니다.
本週六朋友在結婚大廳舉行婚禮。

475 □ **오른쪽**
名 右邊
가족사진에서 제일 오른쪽에 우리 오빠가 있습니다.
在全家福照片中最右邊的是我哥哥。

476 □ **한식당** [한식땅]
名 韓國餐廳
이 한식당은 삼계탕만 팝니다. 這家韓國餐廳只賣參雞湯。

477 □ **파티**
名 派對
오늘 저녁에 생일 파티하는데 올 수 있지요?
今天晚上開生日派對，可以來對吧？

478 □ **속도** [속또]
名 速度
학교 컴퓨터가 집 컴퓨터보다 속도가 빠릅니다.
學校電腦比家裡電腦速度快。

479 □ **어둡다** [어둡따]
形 暗
어두운 곳에서 책을 보면 눈 건강에 안 좋습니다.
在暗的地方看書，對眼睛的健康不好。

480 □ **순서**
名 順序
문법을 배울 때 책 순서대로 공부합니다.
學習文法的時候，照書的順序念。

小測驗

1. 노래합니다. 춤도 춥니다.
   ① 공연장　　　　② 배낭여행
   ③ 예식장　　　　④ 시청

2. 연필을 팝니다. 볼펜도 팝니다.
   ① 파티　　　　　② 문구점
   ③ 꽃집　　　　　④ 편의점

3. 비빔밥이 있습니다. 불고기도 있습니다.
   ① 시청　　　　　② 공연장
   ③ 한식당　　　　④ 관광객

4. 냉장고가 있습니다. 요리를 할 수 있습니
   다.
   ① 주변　　　　　② 야외
   ③ 시내　　　　　④ 부엌

5. 기차가 있습니다. 사람들이 기차를 탑니
   다.
   ① 정류장　　　　② 역
   ③ 시청　　　　　④ 편의점

6. 다른 사람 집에서 삽니다. 돈을 냅니다.
   ① 하숙비　　　　② 매표소
   ③ 한식당　　　　④ 편의점

7. 가방에 짐이 있습니다. 모르는 곳을 구경
   합니다.
   ① 배낭여행　　　② 세계
   ③ 행사　　　　　④ 문구점

8. 좋은 일에 사람들이 참가합니다. 재미있
   습니다.
   ① 근처　　　　　② 한식당
   ③ 시내　　　　　④ 파티

答案請見（P.213）

「으」不規則變化（으脫落）

　　語幹「으」語尾的動詞或形容詞，當結尾時「으」會脫落，同時「으」前方的母音來接「ㅏ」或「ㅓ」。

原形	頻率	-아/어요 （現在式）	-았/었어요 （過去式）	-아/어서 （原因）	-면 （條件）	-지만 （轉則）
바쁘다 忙	★★★	바빠요	바빴어요	바빠서	바쁘면	바쁘지만
아프다 痛	★★★	아파요	아팠어요	아파서	아프면	아프지만
예쁘다 漂亮	★★★	예뻐요	예뻤어요	예뻐서	예쁘면	예쁘지만
쓰다 寫	★★★	써요	썼어요	써서	쓰면	쓰지만
크다 大	★★★	커요	컸어요	커서	크면	크지만
나쁘다 壞	★★	나빠요	나빴어요	나빠서	나쁘면	나쁘지만
담그다 浸泡	★★	담가요	담갔어요	담가서	담그면	담그지만
끄다 關	★★★	꺼요	껐어요	꺼서	끄면	끄지만
슬프다 傷心	★★	슬퍼요	슬펐어요	슬퍼서	슬프면	슬프지만

Day 13

- [ ] 481. 가격
- [ ] 482. 거울
- [ ] 483. 공책
- [ ] 484. 뉴스
- [ ] 485. 동상
- [ ] 486. 라디오
- [ ] 487. 만화책
- [ ] 488. 돌
- [ ] 489. 보고서
- [ ] 490. 볼펜
- [ ] 491. 비누
- [ ] 492. 소설책
- [ ] 493. 손잡이
- [ ] 494. 시디

- [ ] 495. 광고
- [ ] 496. 사용하다
- [ ] 497. 옷장
- [ ] 498. 색
- [ ] 499. 엽서
- [ ] 500. 운동화
- [ ] 501. 인형
- [ ] 502. 자동차
- [ ] 503. 장난감
- [ ] 504. 카메라
- [ ] 505. 컵
- [ ] 506. 공중전화
- [ ] 507. 달력
- [ ] 508. 배낭

- [ ] 509. 편안하다
- [ ] 510. 담다
- [ ] 511. 선풍기
- [ ] 512. 에어컨
- [ ] 513. 설거지
- [ ] 514. 얼음
- [ ] 515. 수저
- [ ] 516. 신용카드
- [ ] 517. 쓰레기
- [ ] 518. 열쇠
- [ ] 519. 테이블
- [ ] 520. 담그다

MP3-13

需要加強的單字請打 ✓

481 ☐	**가격**	**名** 價錢
		이 슈퍼마켓 물건 가격이 모두 올랐습니다.
		這家超市（賣的）東西價格都漲價了。

| 482 ☐ | **거울** | **名** 鏡子 |
| | | 거울을 좀 빌려 주세요. 請借我鏡子。 |

| 483 ☐ | **공책** | **名** 筆記本 |
| | | 공책을 사러 문방구에 갑니다. 去文具店買筆記本。 |

| 484 ☐ | **뉴스** | **名** 新聞 |
| | | 휴대 전화로 텔레비전 뉴스를 봅니다. 用手機看電視新聞。 |

| 485 ☐ | **동상** | **名** 銅像 |
| | | 광장 가운데에 유명한 사람 동상이 있습니다. 廣場中間有名人銅像。 |

| 486 ☐ | **라디오** | **名** 廣播 |
| | | 운전을 하면서 라디오를 듣습니다. 開車時聽廣播。 |

| 487 ☐ | **만화책** | **名** 漫畫書 |
| | | 가끔 심심할 때 만화책을 봅니다. 我偶爾無聊時，會看漫畫書。 |

| 488 ☐ | **돌** | **名** 石頭 |
| | | 아이가 작은 돌을 가지고 놉니다. 小孩拿著小石頭玩。 |

| 489 ☐ | **보고서** | **名** 報告書 |
| | | 오늘 꼭 보고서를 써야 합니다. 今天一定要寫報告。 |

| 490 ☐ | **볼펜** | **名** 原子筆 |
| | | 이 볼펜은 지울 수 있습니다. 這個原子筆是可以擦掉的。 |

| 491 ☐ | **비누** | **名** 肥皂 |
| | | 비누로 손을 깨끗이 씻습니다. 用肥皂洗手洗得很乾淨。 |

| 492 ☐ | **소설책** | **名** 小說 |
| | | 시간이 있을 때마다 소설책을 읽습니다. 每次有空時，閱讀小說。 |

| 493 ☐ | **손잡이** [손자비] | **名** 把手 |
| | | 버스 손잡이를 꼭 잡으세요. 請抓好公車的把手。 |

| 494 ☐ | **시디** | **名** CD、光碟 |
| | | 그저께 좋아하는 가수의 시디를 샀습니다. 前天買了喜歡的歌手CD。 |

495 ☐	광고	名 廣告
		텔레비전에서 광고가 너무 많이 나옵니다. 電視裡有太多的廣告。

496 ☐	사용하다	動 使用
		내일 사용할 재료를 꼭 가지고 오세요.
		請一定要把明天將使用的材料帶來。

497 ☐	옷장 [온짱]	名 衣櫃
		주말에 옷장을 정리했습니다. 週末整理了衣櫃。

498 ☐	색	名 顏色
		이 볼펜은 열 가지 색이 있습니다. 這支原子筆有十種顏色。

499 ☐	엽서 [엽써]	名 明信片
		캐나다에서 친구가 엽서를 보냈습니다. 朋友從加拿大寄明信片給我。

500 ☐	운동화	名 運動鞋
		운동화를 잘 말려 주세요. 請你幫我曬乾運動鞋。

501 ☐	인형	名 人偶、洋娃娃
		아기는 곰 인형을 아주 좋아합니다. 嬰兒非常喜歡熊娃娃。

502 ☐	자동차	名 汽車
		이번 주에 자동차 전시를 보러 갑니다. 這週去看汽車展覽。

503 ☐	장난감 [장난깜]	名 玩具
		장난감 선물을 아이에게 주었습니다. 玩具送給小孩當禮物。

504 ☐	카메라	名 相機
		이 휴대 전화에 좋은 카메라가 있습니다.
		這台手機有很好的相機（功能）。

505 ☐	컵	名 杯子
		저에게 따뜻한 물 한 컵 주세요. 給我一杯溫水。

506 ☐	공중전화	名 公用電話
		지하철역 안에 공중전화가 있습니까? 地下鐵站裡面有公用電話嗎？

507 ☐	달력	名 月曆
		새 달력에 가족들의 생일을 씁니다. 在新的月曆寫上家人的生日。

508 ☐	배낭	名 背包
		배낭에 책과 노트, 연필과 지우개가 들어있습니다.
		背包中放進書、筆記本、鉛筆及橡皮擦。

509 □ **편안하다** [펴난하다]
形 舒服
샤워 후에 침대에 누우면 편안합니다. 洗澡後躺在床上很舒服。

510 □ **담다** [담따]
動 放
케이크를 예쁜 접시에 담아 주세요. 請幫我將蛋糕放在漂亮的盤子中。

511 □ **선풍기**
名 電風扇
더운 여름에 선풍기 바람이 시원합니다.
很熱的夏天，吹電風扇很涼快。

512 □ **에어컨**
名 冷氣
필요할 때에만 에어컨을 틀어 주세요. 請只在需要的時候開冷氣。

513 □ **설거지**
名 洗碗
식사를 마친 후에 설거지를 합니다. 晚餐之後洗碗。

514 □ **얼음** [어름]
名 冰塊
음료수에 얼음을 넣어서 먹으면 시원합니다.
飲料中放進冰塊，喝起來很涼快。

515 □ **수저**
名 湯匙筷子（숟가락 湯匙、젓가락 筷子的簡稱）
한국 사람들은 밥을 먹을 때 수저를 사용합니다.
韓國人吃飯的時候，會使用湯匙筷子。

516 □ **신용카드** [시뇽카드]
名 信用卡
신용카드를 많이 사용하지 않는 것이 좋습니다.
不要使用太多信用卡比較好。

517 □ **쓰레기**
名 垃圾
일주일에 이틀은 쓰레기를 직접 버립니다.
一星期兩天會自己倒垃圾。

518 □ **열쇠** [열쇠, 열쒜]
名 鑰匙
이 작은 지갑 안에 열쇠가 들어있습니다. 這個小錢包裡面有鑰匙。

519 □ **테이블**
名 桌子
테이블 위에서 식사도 하고 책도 읽습니다.
在這個桌子上，可以吃飯也可以看書。

520 □ **담그다**
動 浸泡
퇴근 후에 따뜻한 물에 발을 담그는 습관이 있습니다.
（我）有下班後在溫水中泡腳的習慣。

小測驗

1. 휴대 전화가 없습니다. (　　)를 사용합니다.
   ① 신용카드　　　　② 공중전화
   ③ 시디　　　　　　④ 카메라

2. 다리가 아파서 의자에 앉습니다. 너무 (　　).
   ① 편안합니다　　　② 사용합니다
   ③ 담습니다　　　　④ 담급니다

3. (　　) 위에서 식사를 합니다. 차도 마십니다.
   ① 설거지　　　　　② 컵
   ③ 옷장　　　　　　④ 테이블

4. 여름에 너무 덥습니다. (　　)이 시원합니다.
   ① 에어컨　　　　　② 공중전화
   ③ 라디오　　　　　④ 선풍기

5. 오늘은 며칠입니까? (　　)을 봅니다.
   ① 인형　　　　　　② 배낭
   ③ 달력　　　　　　④ 옷장

6. 운동 경기를 합니다. (　　)를 신습니다.
   ① 자동차　　　　　② 손잡이
   ③ 에어컨　　　　　④ 운동화

7. 음악을 듣고 싶습니다. (　　)를 듣습니다.
   ① 장난감　　　　　② 자동차
   ③ 시디　　　　　　④ 인형

8. 방에 있습니다. (　　)에 옷이 들어있습니다.
   ① 옷장　　　　　　② 달력
   ③ 인형　　　　　　④ 운동화

答案請見（P.213）

「르」不規則變化

　　語幹「르」結尾的動詞或形容詞，有一部分接「ㅏ」或「ㅓ」結尾結合時，「르」前方尾音會多加「ㄹ」尾音。

原形	頻率	-아/어요（現在式）	-았/었어요（過去式）	-아/어서（原因）	-면（條件）	-지만（轉則）
고르다 選	★★★	골라요	골랐어요	골라서	고르면	고르지만
다르다 不同	★★★	달라요	달랐어요	달라서	다르면	다르지만
모르다 不知道	★★★	몰라요	몰랐어요	몰라서	모르면	모르지만
부르다 呼叫	★★★	불러요	불렀어요	불러서	부르면	부르지만
흐르다 流動	★	흘러요	흘렀어요	흘러서	흐르면	흐르지만
누르다 按	★★	눌러요	눌렀어요	눌러서	누르면	누르지만
빠르다 快	★★★	빨라요	빨랐어요	빨라서	빠르면	빠르지만
오르다 上升	★★	올라요	올랐어요	올라서	오르면	오르지만

「르」規則變化（頻率）

　　치르다 支付；考（★）、따르다 遵照；傾倒（★★）、들르다 順便去（★★）。

Day 14

Self-Check需要加強的單字請打 ✓

☐ 521. 여러 가지	☐ 535. 그릇	☐ 549. 나무
☐ 522. 다양하다	☐ 536. 상	☐ 550. 노트북
☐ 523. 소화	☐ 537. 숫자	☐ 551. 엘리베이터
☐ 524. 디자인	☐ 538. 안경	☐ 552. 지도
☐ 525. 줍다	☐ 539. 양복	☐ 553. 사이즈
☐ 526. 지폐	☐ 540. 코너	☐ 554. 책장
☐ 527. 칠판	☐ 541. 크기	☐ 555. 치마
☐ 528. 화면	☐ 542. 티셔츠	☐ 556. 여권
☐ 529. 환불	☐ 543. 환영	☐ 557. 반지
☐ 530. 제품	☐ 544. 필통	☐ 558. 특별하다
☐ 531. 정보	☐ 545. 한복	☐ 559. 짜리
☐ 532. 제목	☐ 546. 휴지	☐ 560. 처럼
☐ 533. 정리하다	☐ 547. 흙	
☐ 534. 냉장고	☐ 548. 꽃병	

MP3-14

需要加強的單字請打 ✓

521 ☐	여러 가지	形 各式各樣 이 그림에 여러 가지 색깔이 있습니다. 這幅畫中有各式各樣的顏色。
522 ☐	다양하다	形 多樣 일년 동안 이 전시관에서 다양한 전시회를 엽니다. 一年裡，這個展覽館會舉辦多樣不同的展示會。
523 ☐	소화	名 消化 저녁을 많이 먹어서 소화가 잘 안 됩니다. 晚餐吃太多所以消化不良。
524 ☐	디자인	名 設計 여행을 할 때 멋진 디자인 사진을 찍고 있습니다. 旅行的時候拍漂亮的設計照。
525 ☐	줍다 [줍따]	動 撿 공공시설을 이용하고 꼭 쓰레기를 주워야 합니다. 用完公共設施之後一定要撿垃圾。
526 ☐	지폐	名 紙鈔 지갑 안에 지폐, 동전, 신용카드를 넣었습니다. 錢包裡面放了紙鈔、硬幣、信用卡。
527 ☐	칠판	名 黑板 칠판에 글씨를 크게 써 주세요. 在黑板上的字，請幫我寫大一點。
528 ☐	화면	名 畫面 휴대 전화 화면에 가족사진이 있습니다. 手機畫面中放全家福照片。
529 ☐	환불	名 退錢 이 옷은 교환이나 환불을 할 수 있습니다. 這件衣服可以換其他衣服或退錢。
530 ☐	제품	名 產品 사용 전에 제품 사용 설명서를 읽어 보세요. 使用前請讀產品使用說明書。
531 ☐	정보	名 資訊 물건을 사기 전에 컴퓨터에서 정보를 찾습니다. 購買東西之前用電腦查詢資訊。
532 ☐	제목	名 題目、標題 이 책은 제목이 너무 깁니다. 這本書的標題太長了。
533 ☐	정리하다 [정니하다]	動 整理 시간이 있을 때마다 책상 위를 정리합니다. 有空的時候都會整理書桌。

534	냉장고	名 冰箱
		주스를 냉장고에 넣습니다. 冰箱裡放果汁。

535	그릇 [그륻]	名 碗
		여기 비빔밥 두 그릇하고 삼계탕 세 그릇 주세요. 這裡請給我兩碗半的飯及三碗參雞湯。

536	상	名 獎
		그림 그리기 대회에서 상을 받았습니다. 在畫畫比賽中得了獎。

537	숫자 [숟짜]	名 數字
		선생님 이 숫자를 어떻게 읽어요? 老師，這個數字要怎麼念？

538	안경	名 眼鏡
		고등학교 때부터 안경을 썼습니다. 從高中開始戴眼鏡。

539	양복	名 西裝
		아버지의 양복을 세탁소에 맡겼습니다. 父親的西裝到洗衣店送洗。

540	코너	名 區、區域
		과일 코너에서 사과를 한 상자 샀습니다. 在水果區買了一箱蘋果。

541	크기	名 大小
		이 바지는 같은 사이즈이지만 크기가 모두 다릅니다. 這些褲子雖然尺寸一樣但大小都不同。

542	티셔츠	名 T恤
		동아리 친구들과 같은 색깔의 티셔츠를 입었습니다. 和社團朋友們穿一樣顏色的T恤。

543	환영 [화녕]	名 歡迎
		토요일에 학교 식당에서 환영 모임이 있습니다. 週六在學校的餐廳有個歡迎會。

544	필통	名 筆盒
		필통에는 파란색과 빨간색 볼펜이 있습니다. 筆盒裡有藍色和紅色的原子筆。

545	한복	名 韓服
		경복궁에서 한복을 입고 기념사진을 찍고 싶습니다. 在景福宮穿著韓服，想拍紀念的照片。

546	휴지	名 面紙
		항상 가방에 휴지를 가지고 다닙니다. 在包包裡經常帶著面紙。

547	흙 [흑]	名 土
		집에서 흙에 채소를 심었습니다. 在家裡土中種蔬菜。

548 □ **꽃병** [꼳뼝]
名 花瓶
꽃병이 텔레비전 옆에 있습니다. 花瓶在電視旁邊。

549 □ **나무**
名 樹
학교 안에 나무가 많이 있습니다. 學校裡有很多樹。

550 □ **노트북**
名 筆記型電腦
매일 노트북을 갖고 학교에 갑니다. 每天帶著筆記型電腦去學校。

551 □ **엘리베이터**
名 電梯
엘리베이터 안에서 휴대 전화를 사용할 수 없습니다.
在電梯裡面不能使用手機。

552 □ **지도**
名 地圖
이 지도는 여행하는 사람들에게 아주 편리합니다.
這張地圖對旅行的人而言，非常方便。

553 □ **사이즈**
名 號碼、尺寸
같은 사이즈의 다른 색깔이 있습니까? 有一樣尺寸但不同顏色的嗎？

554 □ **책장** [책짱]
名 書櫃
책장에는 여러 언어의 책이 있습니다. 書櫃中有各種語言的書。

555 □ **치마**
名 裙子
오늘 백화점에 가서 어제 산 치마를 바꿨습니다.
今天去百貨公司換了昨天買的裙子。

556 □ **여권** [여꿘]
名 護照
여권 사용 기간이 곧 끝날 겁니다. 護照的使用期限快要到期了。

557 □ **반지**
名 戒指
이 반지는 외출을 할 때마다 항상 끼고 다닙니다.
每次外出常戴著這個戒指出去。

558 □ **특별하다** [특뼐하다]
形 特別
오늘은 내 생일이기 때문에 특별한 음식을 먹습니다.
今天是我的生日，所以吃點特別的食物。

559 □ **짜리**
接 面額
평소에도 500원짜리 동전을 자주 사용합니다.
平常也常使用500韓圜面額的硬幣。

560 □ **처럼**
助 像……一樣
한국 사람처럼 한국말을 잘 말하고 싶습니다.
想把韓文說得像韓國人一樣。

📅 圈選

1. 꽃집에 (다양한 / 특별한) 꽃이 많이 있습니다.

2. 중요한 일이 있습니다. (양복 / 티셔츠)을 / 를 입고 갑니다.

3. 공원에 꽃과 (나무 / 꽃병)가 / 이 많습니다.

4. 새해에 (반지 / 한복)을 입고 인사를 갑니다.

5. 집을 청소하고 (정리하면 / 다양하면) 기분이 좋습니다.

6. 이 (노트북 / 디자인)은 아주 편리해서 샀습니다.

7. 노래를 잘 불러서 (상 / 흙)을 받았습니다.

8. 이 옷은 (환불 / 사이즈)가 안 맞습니다. (환불 / 사이즈)해 주세요.

答案請見（P.213）

「ㄹ」不規則變化（ㄹ脫落）

語幹「ㄹ」結尾的動詞或形容詞，接「ㄴ」、「ㅂ」、「ㅅ」開頭語尾結合時，「ㄹ」會脫落。

原形	頻率	-습니다 （現在式）	-니까 （理由）	-려고 （原因）	-ㄴ/는 （條件）	-지만 （轉則）
놀다 玩	★★★	놉니다	노니까	놀려고	노는	놀지만
만들다 做	★★★	만듭니다	만드니까	만들려고	만드는	만들지만
살다 住	★★★	삽니다	사니까	살려고	사는	살지만
알다 知道	★★★	압니다	아니까	알려고	아는	알지만
열다 開	★★	엽니다	여니까	열려고	여는	열지만
울다 哭	★★	웁니다	우니까	울려고	우는	울지만
팔다 賣	★★★	팝니다	파니까	팔려고	파는	팔지만
멀다 遠	★★★	멉니다	머니까		먼	멀지만
길다 長	★★	깁니다	기니까		긴	길지만

Day 15

☐ 561. 설렁탕

☐ 562. 설탕

☐ 563. 딸기

☐ 564. 만두

☐ 565. 맥주

☐ 566. 삼계탕

☐ 567. 샌드위치

☐ 568. 생선

☐ 569. 짜장면

☐ 570. 피자

☐ 571. 토마토

☐ 572. 콜라

☐ 573. 케이크

☐ 574. 주스

☐ 575. 떡

☐ 576. 뜨겁다

☐ 577. 치즈

☐ 578. 소주

☐ 579. 라면

☐ 580. 맛

☐ 581. 쌀

☐ 582. 갈비

☐ 583. 비빔밥

☐ 584. 계란

☐ 585. 고추

☐ 586. 김치

☐ 587. 김치찌개

☐ 588. 냉면

☐ 589. 달다

☐ 590. 김

☐ 591. 맵다

☐ 592. 바나나

☐ 593. 사이다

☐ 594. 상추

☐ 595. 수박

☐ 596. 맛없다

☐ 597. 오미자차

☐ 598. 오이

☐ 599. 잡채

☐ 600. 채소

MP3-15

需要加強的單字請打 ✓

561 ☐	설렁탕	名 雪濃湯 이 식당은 설렁탕이 맛있기로 유명합니다. 這家餐廳以雪濃湯而聞名。
562 ☐	설탕	名 糖 커피를 마실 때 설탕과 우유를 넣습니다. 喝咖啡時，加糖和牛奶。
563 ☐	딸기	名 草莓 겨울에 먹는 딸기에 비타민이 풍부합니다. 冬天吃的草莓中維他命很豐富。
564 ☐	만두	名 餃子 새해에 가족들과 같이 만두를 만듭니다. 新年時和家人一起包餃子。
565 ☐	맥주 [맥쭈]	名 啤酒 퇴근 후에 동료들과 맥주를 마시면서 이야기를 합니다. 下班後和同事邊喝啤酒邊聊天。
566 ☐	삼계탕	名 參雞湯 피곤하고 힘들 때 가끔 삼계탕을 먹습니다. 疲倦時偶爾吃參雞湯。
567 ☐	샌드위치	名 三明治 샌드위치와 우유로 아침을 먹습니다. 用三明治和牛奶當早餐。
568 ☐	생선	名 魚 생선 요리를 많이 먹으면 건강에 좋습니다. 吃很多魚料理對健康好。
569 ☐	짜장면	名 炸醬麵 짜장면은 한국 사람들 누구나 좋아합니다. 韓國人誰都喜歡吃炸醬麵。
570 ☐	피자	名 披薩 집 근처에 새로 피자 가게가 생겼습니다. 住家附近有新開披薩店。
571 ☐	토마토	名 番茄 학교에서 토마토를 기릅니다. 在學校種番茄。
572 ☐	콜라	名 可樂 콜라보다 사이다를 더 좋아합니다. 比起可樂更喜歡汽水。
573 ☐	케이크	名 蛋糕 부모님께 케이크를 만들어서 드렸습니다. 做蛋糕給父母親。
574 ☐	주스	名 果汁 집에서 직접 주스를 만들어서 마십니다. 在家自己打果汁喝。

575 ☐	떡	名 年糕 간식 시간에 떡을 자주 먹습니다. 點心時間常吃年糕。
576 ☐	뜨겁다 [뜨겁따]	形 燙、熱 아침에 뜨거운 홍차를 자주 마십니다. 早上常常喝熱紅茶。
577 ☐	치즈	名 起司 우유와 레몬으로 직접 치즈를 만듭니다. 用牛奶和檸檬做起司。
578 ☐	소주	名 燒酒 소주를 그냥 마시기도 하고 음식을 만들 때 넣기도 합니다. 燒酒可以直接喝，也可以在煮飯時放進去。
579 ☐	라면	名 泡麵 일주일에 한 번 라면을 끓여 먹습니다. 一個星期煮一次泡麵吃。
580 ☐	맛 [맏]	名 味道 방금 담근 김치의 맛이 어때요? 剛做的泡菜，味道如何？
581 ☐	쌀	名 米 이 쌀은 밥이 참 맛있습니다. 這個米煮出來的飯很好吃。
582 ☐	갈비	名 韓式排骨 한국에 가면 갈비를 꼭 먹습니다. 去韓國的話，一定要吃韓式排骨。
583 ☐	비빔밥 [비빔빱]	名 拌飯 비빔밥은 한국의 대표 음식입니다. 拌飯為韓國代表的菜。
584 ☐	계란	名 雞蛋 매일 아침 계란을 먹고 학교에 갑니다. 每天早上吃蛋後再去學校。
585 ☐	고추	名 辣椒 고추를 많이 넣으면 너무 맵습니다. 放太多辣椒會太辣。
586 ☐	김치	名 泡菜 김치를 담글 수 있어요? （你）會做泡菜嗎？
587 ☐	김치찌개	名 泡菜鍋 우리 엄마의 김치찌개는 너무 맛있습니다. 我媽媽做的泡菜鍋太好吃了。
588 ☐	냉면	名 涼麵 겨울에 냉면을 먹으면 조금 차갑습니다. 冬天吃涼麵會有一點冰。

589 □
달다
形 甜
이 커피는 정말 달아서 잘 안 마십니다.　這個咖啡真甜，所以不愛喝。

590 □
김
名 海苔
한국에 여행을 가면 꼭 김을 사옵니다.　去韓國旅行時一定會買海苔回來。

591 □
맵다 [맵따]
形 辣
매운 음식을 못 먹으니까 안 맵게 해주세요.
因為我不吃辣，請幫忙做不辣的菜。

592 □
바나나
名 香蕉
타이완의 바나나는 정말 맛있습니다.　台灣的香蕉真好吃。

593 □
사이다
名 汽水
편의점에서 사이다를 사왔습니다.　在便利商店買汽水回來。

594 □
상추
名 萵苣
갈비를 상추에 싸서 먹습니다.　把萵苣包著韓式排骨一起吃。

595 □
수박
名 西瓜
여름 수박이 달고 맛있습니다.　夏天的西瓜又甜又好吃。

596 □
맛없다 [마덥따]
形 不好吃
맛없지 않아요?　不是不好吃嗎？

597 □
오미자차
名 五味子茶
주말 오후에 오미자차와 떡을 먹습니다.　週末下午吃五味子茶及年糕。

598 □
오이
名 小黃瓜
오이 김치를 만들 수 있어요?　可以做小黃瓜泡菜嗎？

599 □
잡채
名 雜菜
한국 예능 프로그램을 보고 잡채를 만들었습니다.
看韓國綜藝節目，（我也）學做雜菜。

600 □
채소
名 蔬菜
평소에 채소를 많이 먹으면 건강합니다.　平常多吃蔬菜，會很健康。

小測驗

填字

	1.						7.	
A.								
			5.					
2.		D.				F.		
B.								8.
	E.	4.			G.			
C.	3.			6.				
			H.					

縱

1. 小黃瓜
2. 萵苣
3. 蔬菜
4. 果汁
5. 涼麵
6. 韓式排骨
7. 三明治
8. 糖

橫

1. 五味子茶
A. 汽水
B. 辣椒
C. 雜菜
D. 泡麵
E. 啤酒
F. 起司
G. 雪濃湯
H. 拌飯

答案請見（P.213）

「ㅂ」不規則變化

語幹「ㅂ」結尾的動詞或形容詞，有一部分接「ㅏ」或「ㅓ」結尾結合時，「ㅂ」前方變成「우」或「오」。

原形	頻率	-아/어요 （現在式）	-았/었어요 （過去式）	-아/어서 （原因）	-으면 （條件）	-지만 （轉則）
덥다 熱	★★★	더워요	더웠어요	더워서	더우면	덥지만
춥다 冷	★★★	추워요	추웠어요	추워서	추우면	춥지만
맵다 辣	★★★	매워요	매웠어요	매워서	매우면	맵지만
가볍다 輕	★★	가벼워요	가벼웠어요	가벼워서	가벼우면	가볍지만
무겁다 重	★★	무거워요	무거웠어요	무거워서	무거우면	무겁지만
고맙다 謝謝	★★★	고마워요	고마웠어요	고마워서	고마우면	고맙지만
곱다 美	★★	고와요	고왔어요	고와서	고우면	곱지만
아름답다 美	★★★	아름다워요	아름다웠어요	아름다워서	아름다우면	아름답지만

＊돕다 幫忙；곱다 美，後面一定會接「오」。

「ㅂ」規則變化（頻率）

입다 穿（★★★）、좁다 窄（★★）、잡다 抓（★★）、접다 折（★）、씹다 咬（★）。

Day 16

- [ ] 601. 보관하다
- [ ] 602. 버리다
- [ ] 603. 수건
- [ ] 604. 이거
- [ ] 605. 치약
- [ ] 606. 세일
- [ ] 607. 카드
- [ ] 608. 세제
- [ ] 609. 지우개
- [ ] 610. 코
- [ ] 611. 친척
- [ ] 612. 졸업하다
- [ ] 613. 의미
- [ ] 614. 일기

- [ ] 615. 대회
- [ ] 616. 누나
- [ ] 617. 부부
- [ ] 618. 사람
- [ ] 619. 사랑
- [ ] 620. 아버지
- [ ] 621. 집들이
- [ ] 622. 할아버지
- [ ] 623. 할머니
- [ ] 624. 요금
- [ ] 625. 입장료
- [ ] 626. 유행
- [ ] 627. 질문하다
- [ ] 628. 대부분

- [ ] 629. 달리다
- [ ] 630. 뚱뚱하다
- [ ] 631. 번호
- [ ] 632. 빨래하다
- [ ] 633. 어머니
- [ ] 634. 언니
- [ ] 635. 얼굴
- [ ] 636. 여동생
- [ ] 637. 소리
- [ ] 638. 오빠
- [ ] 639. 연습
- [ ] 640. 부지런하다

MP3-16

需要加強的單字請打 ✓

601 ☐	보관하다	動 保管 짐이 너무 많으면 불편하니까 여기에 보관하세요. 如果行李太多不方便，請保管在這裡。
602 ☐	버리다	動 丟 이 물건을 안 쓰기 때문에 버려 주세요. 這個物品不會再使用了，請幫我丟掉。
603 ☐	수건	名 毛巾 작은 수건을 항상 가지고 다닙니다.　經常帶著小毛巾。
604 ☐	이거	名 這個（=이것） 이거는 어디에서 샀습니까?　這個在哪裡買的？
605 ☐	치약	名 牙膏 이를 닦을 때 치약을 많이 사용하는 습관이 있습니다. 刷牙時，有使用很多牙膏的習慣。
606 ☐	세일 [쎄일]	名 大減價、促銷 세일 기간에 사람이 너무 많습니다.　促銷期間人太多。
607 ☐	카드	名 卡 생일 선물로 모자와 카드를 준비했습니다. （我）準備帽子和卡片當生日禮物（送人）。
608 ☐	세제	名 （通稱）洗碗精、洗衣精 세탁기에 세제를 조금만 넣어 주세요.　在洗衣機中加一點洗衣精。
609 ☐	지우개	名 橡皮擦 이 볼펜은 지우개가 있어서 지울 수 있습니다. 這支原子筆有橡皮擦所以可以擦掉。
610 ☐	코	名 鼻子 어제 이불을 안 덮고 자서 목과 코가 아픕니다. 昨天睡覺棉被沒蓋好，（現在）喉嚨和鼻子很痛。
611 ☐	친척	名 親戚 할아버지 생신에 친척들이 모두 모였습니다. 爺爺生日，所有親戚聚在一起。
612 ☐	졸업하다 [조러파다]	動 畢業 저는 작년에 대학교를 졸업했습니다. 我去年大學畢業。
613 ☐	의미	名 意思 이 말은 한국어와 중국어 의미가 서로 다릅니다. 這句話韓文和中文的意思不同。

614 ☐ **일기**

名 日記

매일 저녁 한국어로 일기를 쓰고 있습니다. 每天晚上用韓文寫日記。

615 ☐ **대회**

名 大會、活動、比賽

수영 대회를 준비하고 있습니다. （我）正在準備游泳比賽。

616 ☐ **누나**

名 姊姊（男生稱呼姊姊）

우리 누나는 예쁘고 친절합니다. 我姊姊又漂亮又親切。

617 ☐ **부부**

名 夫妻

이 부부는 30년전 오늘 결혼을 했습니다.
這對夫妻，在30年前的今天結婚了。

618 ☐ **사람**

名 人

국적이 달라도 사람의 마음은 같습니다. 即使國籍不同，人的心都一樣。

619 ☐ **사랑**

名 愛

사랑을 하면 예뻐집니다. 如果戀愛會變漂亮。

620 ☐ **아버지**

名 父親

우리 아버지는 공무원이십니다. 我的父親是公務人員。

621 ☐ **집들이** [집뜨리]

名 喬遷宴

한국 사람들은 이사하고 나서 집들이를 합니다.
韓國人搬家後會舉辦喬遷宴。

622 ☐ **할아버지**
[하라버지]

名 爺爺

우리 할아버지는 독일어를 잘 하십니다. 我爺爺很會說德文。

623 ☐ **할머니**

名 奶奶

주말에 할머니하고 시장에 가면 재미있습니다.
週末和奶奶去市場，很好玩。

624 ☐ **요금**

名 費用

사용 요금을 계산해 주세요. 請幫忙計算使用費用。

625 ☐ **입장료** [입짱뇨]

名 門票

이 공연은 입장료를 미리 사야 합니다. 這場公演，得要提早買門票。

626 ☐ **유행**

名 流行

요즘은 밝은 색이 유행입니다. 最近流行很亮的顏色。

627 ☐ **질문하다**

動 提問

수업이 끝난 후에 선생님께 자주 질문합니다. 上完課後常向老師提問。

628 □ **대부분**

名 大部分

대부분의 학생들은 이번 시험을 통과했습니다.

大部分的學生都通過了這次考試。

629 □ **달리다**

動 跑

이 공원에서 운동하고 달리는 사람이 많습니다.

這個公園中有很多人在運動和跑步。

630 □ **뚱뚱하다**

形 肥胖

많이 먹고 운동하지 않으면 뚱뚱해집니다. 如果吃很多又不運動會變胖。

631 □ **번호**

名 號碼

책상 오른쪽 위에 번호를 붙였습니다. 書桌的右上方貼了號碼。

632 □ **빨래하다**

動 洗衣服

이틀에 한 번씩 빨래하고 청소합니다. 每兩天一次，洗衣服和打掃。

633 □ **어머니**

名 母親

올해에 어머니하고 여행가려고 준비합니다.

今年打算和母親去旅行，所以正在做準備。

634 □ **언니**

名 姊姊（女生稱呼姊姊）

언니는 프랑스에서 회사에 다닙니다. 姊姊在法國的公司上班。

635 □ **얼굴**

名 臉

내 친구는 얼굴이 예쁘고 키가 큽니다. 我朋友，臉漂亮個子高。

636 □ **여동생**

名 妹妹

여동생은 지금 고등학교에 다닙니다. 妹妹現在是高中生。

637 □ **소리**

名 聲音

공원에 가서 새 소리를 들었습니다. 去公園聽鳥的叫聲。

638 □ **오빠**

名 哥哥（女生稱呼哥哥）

우리 오빠는 싱가폴에서 삽니다. 我哥哥住在新加坡。

639 □ **연습**

名 練習

다음 달에 말하기 대회가 있어서 열심히 연습합니다.

因為下個月有演講比賽，所以認真練習。

640 □ **부지런하다**

形 勤勞

내 남동생은 낮에 일하고 밤에 공부합니다. 정말 부지런합니다.

我弟弟白天工作晚上念書，真的很勤勞。

小測驗

📅 18 填字

		1.			5.	6.	8.	
A.			B.					
			4.		7.			
2.	3.						9.	
							C.	

縱

1. 跑步
2. 夫妻
3. 橡皮擦
4. 肥胖
5. 奶奶
6. 姊姊
7. 大會
8. 意思
9. 促銷

橫

A. 聲音
2. 勤勞
B. 母親（3個字）
C. 日記

7. 大部分
8. 椅子
9. 洗碗精、洗衣精

答案請見（P.214）

「ㅅ」不規則變化

　　語幹「ㅅ」結尾的動詞或形容詞，有一部分接「ㅏ」或「ㅓ」結尾結合時，「ㅅ」會脫落。

原形	頻率	-아/어요 （現在式）	-았/었어요 （過去式）	-아/어서 （原因）	-으면 （條件）	-지만 （轉則）
짓다 蓋、建立	★★	지어요	지었어요	지어서	지으면	짓지만
낫다 好、痊癒	★★	나아요	나았어요	나아서	나으면	낫지만
붓다 倒	★	부어요	부었어요	부어서	부으면	붓지만
잇다 連接	★	이어요	이었어요	이어서	이으면	잇지만
젓다 搖	★	저어요	저었어요	저어서	저으면	젓지만

「ㅅ」規則變化（頻率）

　　씻다 洗（★★★）、벗다 脫（★★）、웃다 抓（★★★）、빼앗다 搶奪（★）、빗다 梳（★★）。

Day 17

- [ ] 641. 성공하다
- [ ] 642. 설날
- [ ] 643. 샤워하다
- [ ] 644. 실수
- [ ] 645. 싸우다
- [ ] 646. 심하다
- [ ] 647. 실력
- [ ] 648. 시끄럽다
- [ ] 649. 수술
- [ ] 650. 신청하다
- [ ] 651. 예매하다
- [ ] 652. 여러분
- [ ] 653. 운전하다
- [ ] 654. 외우다

- [ ] 655. 어린이
- [ ] 656. 약하다
- [ ] 657. 전하다
- [ ] 658. 강하다
- [ ] 659. 안다
- [ ] 660. 씹다
- [ ] 661. 아이
- [ ] 662. 아주머니
- [ ] 663. 생신
- [ ] 664. 생활
- [ ] 665. 서로
- [ ] 666. 성격
- [ ] 667. 무료
- [ ] 668. 입구

- [ ] 669. 방문
- [ ] 670. 결과
- [ ] 671. 성함
- [ ] 672. 메시지
- [ ] 673. 문의
- [ ] 674. 문화
- [ ] 675. 방법
- [ ] 676. 소개하다
- [ ] 677. 예보
- [ ] 678. 전통
- [ ] 679. 정리
- [ ] 680. 주문

MP3-17

需要加強的單字請打 ✓

641 ☐ **성공하다**
動 成功
성공하는 사람들은 특별히 부지런합니다. 成功的人們都特別勤勞。

642 ☐ **설날** [설랄]
名 新年
한국 사람들은 설날에 떡국과 만두를 먹습니다.
韓國人在新年會吃年糕湯和餃子。

643 ☐ **샤워하다**
動 洗澡
야근을 하면 집에서 와서 꼭 샤워합니다. 加班的時候，回家一定會洗澡。

644 ☐ **실수** [실쑤]
名 失誤
어른들도 가끔 실수를 하기도 합니다. 大人也偶爾會有失誤。

645 ☐ **싸우다**
動 吵架、打架
아이들은 같이 잘 놀다가도 싸웁니다. 小孩子們在一起玩，突然就會吵架。

646 ☐ **심하다**
形 嚴重；過分
요즘은 공기 오염이 심합니다. 最近空氣汙染很嚴重。

647 ☐ **실력**
名 實力
한국 신문을 보면 한국어 실력에 도움이 됩니다.
看韓國報紙對韓文實力有幫助。

648 ☐ **시끄럽다** [시끄럽따]
形 吵
밖에서 사람들이 싸워서 시끄럽습니다. 外面有人吵架所以很吵。

649 ☐ **수술**
名 手術
몸이 많이 아프면 수술을 할 수도 있습니다.
如果身體很不舒服也許要動手術。

650 ☐ **신청하다**
動 申請
이 대회에 참가를 하려면 반드시 신청해야 합니다.
如果要參加這場大會，一定要先申請。

651 ☐ **예매하다**
動 預購
친구와 영화를 볼 때 미리 예매하는 것이 좋습니다.
和朋友看電影時，提前預購會比較好。

652 ☐ **여러분**
名 大家
여러분, 순서대로 들어와 주세요. 大家，請照順序進來。

653 ☐ **운전하다**
動 開車
아침마다 운전하면서 뉴스를 듣습니다. 每天早上邊開車邊聽新聞。

654 ☐ **외우다**
動 背
하루에 40개씩 단어를 외우고 있습니다. 正在背每天40個單字。

655 ☐	**어린이** [어리니]	名 兒童
		동물원 입장료는 어른이 1000원, 어린이가 500원입니다.
		動物園的門票，大人1000韓圓，兒童500韓圓。

656 ☐	**약하다** [야카다]	形 弱
		이 장난감은 약하니까 아기에게 주지 마세요.
		這個玩具很脆弱，不要給嬰兒玩。

657 ☐	**전하다**	動 傳
		이 책을 일본어 선생님께 전해 주세요. 請幫我把這本書傳給日文老師。

658 ☐	**강하다**	形 強
		이 유리는 강해서 잘 깨지지 않습니다.
		這張玻璃很強（硬），所以不容易打碎。

659 ☐	**안다** [안따]	動 抱
		아기가 울면 안고 노래를 불러 주세요.
		嬰兒哭的話，就抱著他唱歌給他聽。

660 ☐	**씹다** [씹따]	動 咬
		껌을 씹으면서 말하면 안 됩니다. 不可以邊咬口香糖邊聊天。

661 ☐	**아이**	名 孩子
		저 아이는 정말 예의가 있습니다. 那個小孩很有禮貌。

662 ☐	**아주머니**	名 阿姨、大嬸
		집 근처 슈퍼 아주머니는 아주 친절합니다.
		家裡附近超市的阿姨非常親切。

663 ☐	**생신**	名 生辰
		어머니 생신에 레스토랑에서 저녁을 먹습니다.
		母親生辰在餐廳吃晚餐。

664 ☐	**생활**	名 生活
		한국에서의 생활이 어떻습니까? 在韓國的生活如何？

665 ☐	**서로**	副 互相
		가족은 서로 사랑합니다. 家人相愛。

666 ☐	**성격** [성격]	名 個性
		태어난 달과 성격은 관계가 있습니까? 出生的月分和個性有關係嗎？

667 ☐	**무료**	名 免費
		하나를 사면 하나를 무료로 드립니다. 買一個會再免費送一個。

668 ☐	**입구** [입꾸]	名 入口
		동물원 입구 오른쪽에 편의점이 있습니다. 動物園的入口右邊有便利商店。

669 ☐	방문	名 拜訪
		다음 달부터 선생님이 가정 방문을 시작할 겁니다.
		下個月老師會開始家庭拜訪。

670 ☐	결과	名 結果
		시험을 열심히 준비했기 때문에 결과가 궁금합니다.
		因為很認真準備考試，所以很好奇結果。

| 671 ☐ | 성함 | 名 姓 |
| | | 실례지만, 성함이 어떻게 되세요? 不好意思，您貴姓？ |

672 ☐	메시지	名 消息、短訊
		지금은 자리에 없습니다. 메시지를 남겨 주세요.
		現在不在座位上。請留言。

673 ☐	문의 [무니]	名 詢問
		모르는 것은 전화나 인터넷으로 문의하세요.
		不知道的地方請用電話或網路詢問。

| 674 ☐ | 문화 | 名 文化 |
| | | 세계 여러 나라는 언어와 문화가 다릅니다. 世界各國的語言和文化不同。 |

675 ☐	방법	名 方法
		요리 교실에서 불고기 만드는 방법을 배웠습니다.
		在料理教室學做韓式烤肉的方法。

676 ☐	소개하다	動 介紹
		오늘 수업시간에 우리 가족을 소개했습니다.
		今天上課時介紹了我的家人。

677 ☐	예보	名 預報
		요즘 공기가 안 좋아서 일기 예보를 꼭 듣습니다.
		最近空氣不好，所以一定會聽天氣預報。

678 ☐	전통	名 傳統
		박물관에 가면 전통 문화를 배울 수 있습니다.
		如果去博物館，可以學到傳統文化。

679 ☐	정리 [정니]	名 整理
		책상 위를 정리하지 않아서 지저분합니다.
		因為沒有整理書桌，所以很髒。

| 680 ☐ | 주문 | 名 訂購 |
| | | 가끔 인터넷으로 물건을 주문합니다. 偶爾用網路訂購物品。 |

小測驗

📅18 填字

	1.					7.	
A.				5.			
2.			4.			8.	
						C.	
	3.			6.			
B.							

縱

1. 背
2. 詢問
3. 拜訪
4. 大嬸
5. 個性
6. 生活
7. 強
8. 錯誤

橫

A. 吵架
2. 文化
B. 訂單、訂購
4. 小孩
5. 成功
6. 生辰
C. 手術
8. 實力

答案請見（P.214）

「ㅎ」不規則變化

　　語幹以「ㅎ」結尾的形容詞，有一部分接「ㅏ」或「ㅓ」結尾結合時，「ㅎ」會脫落，同時與語尾「아, 야, 어, 여」結合變「애, 얘, 에, 예」。若與母音「으」開頭結尾時，語幹「ㅎ」及語尾的「으」同時脫落。

原形	頻率	-아/어요 （現在式）	-았/었어요 （過去式）	-아/어서 （原因）	-으면 （條件）	-지만 （轉則）
까맣다 黑	★★★	까매요	까맸어요	까매서	까맸으면	까맣지만
하얗다 白	★★★	하얘요	하얬어요	하얘서	하얬으면	하얗지만
노랗다 黃	★★★	노래요	노랬어요	노래서	노랬으면	노랗지만
빨갛다 紅	★★★	빨개요	빨갰어요	빨개서	빨갰으면	빨갛지만
이렇다 這樣	★★	이래요	이랬어요	이래서	이랬으면	이렇지만
그렇다 那樣	★★	그래요	그랬어요	그래서	그랬으면	그렇지만
저렇다 那樣	★★	저래요	저랬어요	저래서	저랬으면	저렇지만
어떻다 怎樣	★★★	어때요	어땠어요	어때서	어땠으면	어떻지만

「ㅎ」規則變化（頻率）

　　좋다 好（★★★）、싫다 壞（★★）、괜찮다 不錯（★★★）、넣다放（★★）、낳다 生產（★★）。

Day 18

- [ ] 681. 결혼
- [ ] 682. 경영학
- [ ] 683. 사귀다
- [ ] 684. 감다
- [ ] 685. 걱정하다
- [ ] 686. 관심
- [ ] 687. 마음
- [ ] 688. 글
- [ ] 689. 인사
- [ ] 690. 냄새
- [ ] 691. 꿈
- [ ] 692. 닮다
- [ ] 693. 달리기
- [ ] 694. 염색

- [ ] 695. 사고
- [ ] 696. 신청
- [ ] 697. 실례
- [ ] 698. 파마
- [ ] 699. 아내
- [ ] 700. 합계
- [ ] 701. 동창
- [ ] 702. 부자
- [ ] 703. 식구
- [ ] 704. 아저씨
- [ ] 705. 차갑다
- [ ] 706. 분야
- [ ] 707. 어른
- [ ] 708. 애인

- [ ] 709. 주인
- [ ] 710. 남편
- [ ] 711. 미안하다
- [ ] 712. 반갑다
- [ ] 713. 배고프다
- [ ] 714. 후배
- [ ] 715. 선배
- [ ] 716. 아들
- [ ] 717. 귀엽다
- [ ] 718. 어리다
- [ ] 719. 심심하다
- [ ] 720. 외롭다

● MP3-18

需要加強的單字請打 ✓

681 □	**결혼**	名 結婚 친구가 다음 주에 결혼합니다. 朋友下個星期結婚。
682 □	**경영학**	名 經營學 저는 대학에서 경영학을 공부했습니다. 我在大學念了經營學。
683 □	**사귀다**	動 交往 요즘 외국인 친구를 많이 사귀었습니다. 最近交了很多外國朋友。
684 □	**감다** [감따]	動 洗（頭髮） 머리를 감고 드라이기로 말립니다. 洗頭之後用吹風機吹乾。
685 □	**걱정하다** [걱쩡하다]	動 擔心 친구가 어제 학교에 안 와서 걱정했습니다. 朋友昨天沒有來學校，很擔心。
686 □	**관심**	名 關心、興趣 저는 한국 문화에 관심이 있습니다. 我對韓國的文化有興趣。
687 □	**마음**	名 心 이 아이는 마음이 곱습니다. 這個小孩的心很美。
688 □	**글**	名 文章 한국어로 글을 쓰고 시험 준비도 할 수 있습니다. 用韓文寫文章也可以準備考試。
689 □	**인사**	名 打招呼 아는 사람을 만나면 먼저 인사합니다. 如果遇到認識的人，先打招呼。
690 □	**냄새**	名 味道 냉장고에서 냄새가 납니다. 冰箱有味道。
691 □	**꿈**	名 夢；夢想 어제 돼지가 나오는 꿈을 꿨습니다. 昨天做夢，夢到豬。 제 꿈은 선생님이 되는 것입니다. 我的夢想是成為老師。
692 □	**닮다** [담따]	動 像、似 저의 외모는 아버지를 닮았지만 성격은 어머니를 닮았습니다. 我的外貌像父親，但我的個性像母親。
693 □	**달리기**	名 跑步 이번 주 목요일까지 달리기 대회 참가를 신청할 수 있습니다. 到星期四可以申請參加跑步比賽。
694 □	**염색**	名 染頭髮 머리를 자르고 염색도 했습니다. 剪頭髮也染頭髮了。

695 ☐	사고	名 事故、車禍
		이 길에서 사고가 많이 나는 것 같아요. 這條路上容易出車禍。

696 ☐	신청	名 申請、報名
		신청 기간은 오늘부터 일주일 동안입니다.
		申請期間是從今天開始一個星期（的時間）。

697 ☐	실례	名 失禮、不好意思
		실례지만, 김 과장님 자리에 계십니까?
		不好意思，請問金課長在位子上嗎？

698 ☐	파마	名 燙頭髮
		내일 미용실에 가서 염색과 파마를 할 겁니다.
		明天去美容院染頭髮及燙頭髮。

699 ☐	아내	名 太太
		이 노래는 아내가 가장 좋아하는 곡입니다. 這首歌是太太最喜歡的歌。

700 ☐	합계 [합꼐]	名 合計、一共
		아이스크림을 모두 여덟 개 사면 합계가 얼마입니까?
		買八個冰淇淋一共多少錢？

701 ☐	동창	名 同窗、同學
		오늘 고등학교 동창들과 저녁 식사를 합니다.
		今天和高中（時候的）同學一起吃晚餐。

702 ☐	부자	名 富人、有錢人
		이 동네는 부자들이 많이 살고 있습니다. 這個社區住著很多有錢人。

703 ☐	식구 [식꾸]	名 家人
		여기에 식구 이름과 나이를 써 주세요. 在這裡請寫家人的名字和年紀。

704 ☐	아저씨	名 大叔
		옆집 아저씨는 친절합니다. 隔壁家叔叔很親切。

705 ☐	차갑다	形 冰
		너무 차가운 음식은 건강에 좋지 않습니다. 太冰的飲食對健康不好。

706 ☐	분야 [부냐]	名 領域、方面
		좋아하는 분야의 직업을 찾아 보세요. 請找找看喜歡領域的工作。

707 ☐	어른	名 大人
		저 가수의 노래는 아이부터 어른까지 모두 좋아합니다.
		那個歌手的歌，從小孩到大人都喜歡。

708 ☐	애인	名 愛人
		애인의 선물을 사려고 꽃집에서 꽃을 고릅니다.
		為了買愛人的禮物，在花店選花。

709 ☐	주인	名 主人
		슈퍼마켓 주인 아저씨는 항상 웃고 친절합니다.
		超市的老闆大叔總是笑咪咪的又很親切。

710 ☐	남편	名 丈夫
		남편은 가족을 위해 주말마다 요리를 합니다.
		丈夫為了家人每個週末都煮飯。

711 ☐	미안하다	形 對不起
		약속 시간에 너무 늦게 도착해서 정말 미안합니다.
		約定的時間遲到，真對不起。

712 ☐	반갑다 [반갑따]	形 （見到）高興
		길에서 우연히 동창을 만나서 너무 반갑습니다.
		路上偶然遇見同學，太高興了。

713 ☐	배고프다 [반갑따]	形 肚子餓
		야근할 때 저녁을 못 먹어서 너무 배가 고픕니다.
		加班時沒有辦法吃晚餐，所以肚子好餓。

714 ☐	후배	名 後輩
		우리 사무실에는 대학교 후배가 여러 명 있습니다.
		我們辦公室有幾個大學後輩在。

715 ☐	선배	名 前輩
		대학교 때 동아리 선배들과 같이 여행을 다녔습니다.
		大學時和社團前輩一起去旅行。

716 ☐	아들	名 兒子
		김 선생님 아들은 초등학생, 딸은 유치원생입니다.
		金老師的兒子是小學生，女兒是幼稚園生。

| 717 ☐ | 귀엽다 [귀엽따] | 形 可愛 |
| | | 아기 모자가 작고 귀엽습니다. 嬰兒的帽子很小很可愛。 |

718 ☐	어리다	形 幼小
		어린 학생들이 웃으면서 이야기하고 있습니다.
		年幼的學生們笑著聊天。

719 ☐	심심하다	形 無聊
		밖에 비가 오고 텔레비전도 고장 나서 너무 심심합니다.
		外面下雨而且電視也壞了，所以好無聊。

| 720 ☐ | 외롭다 [외롭따] | 形 寂寞 |
| | | 가족이 없는 노인들은 자주 외롭습니다. 沒有家人的老人，常常很寂寞。 |

小測驗

📅 填字

A.	1.			3.				9.
							F.	
						7.		
		C.	4.			E.	8.	
	2.							
B.				5.	6.			
				D.				

縱

1. 無聊
2. 幼小
3. 太太
4. 心
5. 前輩
6. 事故、車禍
7. 打招呼
8. 可愛
9. 愛人

橫

A. 興趣
B. 跑步
3. 大叔
C. 燙頭髮
D. 肚子餓
E. 交往
F. 主人、老闆

答案請見（P.215）

🍵 身體和病狀

臉	얼굴	頭	머리
眼睛	눈	喉嚨	목
鼻子	코	肩膀	어깨
嘴	입	胸	가슴
耳	귀	胳膊	팔
牙齒	이, 이빨	手	손
嘴唇	입술	腿	다리
眉毛	눈썹	腳	발

身體不舒服	몸이 아프다
感冒	감기에 걸리다
腳受傷	다리를 다치다
流鼻涕	콧물이 나다
咳嗽	기침이 나다
發燒	열이 나다

Day 19

- [ ] 721. 미국
- [ ] 722. 인도
- [ ] 723. 일본
- [ ] 724. 외국인
- [ ] 725. 영어
- [ ] 726. 영국
- [ ] 727. 중국
- [ ] 728. 캐나다
- [ ] 729. 프랑스
- [ ] 730. 한국
- [ ] 731. 교수
- [ ] 732. 미용사
- [ ] 733. 간호사
- [ ] 734. 의사

- [ ] 735. 주민
- [ ] 736. 주인공
- [ ] 737. 아나운서
- [ ] 738. 우체부
- [ ] 739. 연예인
- [ ] 740. 손녀
- [ ] 741. 최고
- [ ] 742. 특집
- [ ] 743. 한눈
- [ ] 744. 태어나다
- [ ] 745. 피곤하다
- [ ] 746. 퇴근하다
- [ ] 747. 월급
- [ ] 748. 출장

- [ ] 749. 팀
- [ ] 750. 대표
- [ ] 751. 이웃
- [ ] 752. 덕분
- [ ] 753. 함께
- [ ] 754. 세배
- [ ] 755. 세상
- [ ] 756. 세수
- [ ] 757. 유학
- [ ] 758. 전공
- [ ] 759. 학년
- [ ] 760. 학기

● MP3-19

需要加強的單字請打 ✓

| 721 ☐ | 미국 | 名 美國 |
| | | 미국에서 고등학교를 다녔습니다. 在美國讀高中。 |

722 ☐	인도	名 印度
		인도에는 가고 싶은 관광지가 많이 있습니다.
		在印度有很多想去的觀光景點。

723 ☐	일본	名 日本
		한국에서 일본까지 비행기로 두 시간 걸립니다.
		從韓國到日本坐飛機需要兩個小時。

724 ☐	외국인 [외구긴]	名 外國人
		이 동네에서 외국인을 많이 볼 수 있습니다.
		在這個社區可以看到很多外國人。

| 725 ☐ | 영어 | 名 英文 |
| | | 영어는 모든 나라에서 사용할 수 있습니다. 英文在所有國家都可通用。 |

| 726 ☐ | 영국 | 名 英國 |
| | | 오빠가 내년에 영국으로 유학 갑니다. 哥哥明年要去英國留學。 |

| 727 ☐ | 중국 | 名 中國 |
| | | 한국에 중국 유학생들이 정말 많습니다. 韓國的中國留學生真多。 |

| 728 ☐ | 캐나다 | 名 加拿大 |
| | | 캐나다는 자연 환경이 아름답습니다. 加拿大自然環境很美。 |

729 ☐	프랑스	名 法國
		프랑스에서 일주일 동안 미술관과 박물관을 구경했습니다.
		在法國一個星期的期間，參觀了美術館及博物館。

730 ☐	한국	名 韓國
		한국 사람들은 성격이 급하지만 친절합니다.
		韓國人雖然個性很急，但很親切。

| 731 ☐ | 교수 | 名 教授 |
| | | 김 교수님 수업은 정말 재미있습니다. 金教授的課，真有趣。 |

732 ☐	미용사	名 美容師
		미용실에서 머리도 자르고 미용사하고 이야기도 합니다.
		在美容院邊剪頭髮邊和美容師聊天。

| 733 ☐ | 간호사 | 名 護士 |
| | | 내 여동생은 간호사라서 아주 바쁩니다. 我妹妹是護士，所以非常忙。 |

734 ☐	의사	名 醫生
		의사가 되면 아픈 사람들을 도와 줄 수 있습니다.
		成為醫生，可以幫助身體不舒服的人。

735 ☐	주민	名 居民
		주민들은 세탁실을 무료로 이용할 수 있습니다.
		居民可以免費使用洗衣間。

736 ☐	주인공	名 主角
		주인공이 마음에 들어서 이 영화를 좋아합니다.
		因為喜歡主角所以喜歡這部電影。

737 ☐	아나운서	名 主播
		아나운서가 되고 싶어서 열심히 책을 읽고 준비합니다.
		因為想成為主播，所以努力看書做準備。

738 ☐	우체부	名 郵差
		일주일에 두 번 우체부 아저씨가 소포를 가지고 옵니다.
		郵差一個星期兩次，帶包裹過來。

739 ☐	연예인 [여녜인]	名 藝人
		연예인은 말과 노래를 잘 해야 합니다. 藝人應該要很會講話和唱歌。

740 ☐	손녀	名 孫女
		할머니는 손자와 손녀가 귀여워서 항상 웃으십니다.
		奶奶因為孫子和孫女很可愛，所以經常笑。

741 ☐	최고	名 最高、最
		오늘 낮 최고 기온은 25도입니다. 今天白天最高溫為25度。

742 ☐	특집 [특찝]	名 特輯
		연휴에 텔레비전에서 특집 영화를 볼 수 있습니다.
		連休在家，可以看電影特輯。

743 ☐	한눈	名 一眼、一看
		높은 산 위에서 아름다운 경치가 한눈에 보입니다.
		在很高的山上，放眼就看得到很美的風景。

744 ☐	태어나다	動 出生
		도시에서 태어났지만 시골에서 자랐습니다.
		雖然我在城市出生，但在鄉下長大。

745 ☐	피곤하다	形 疲倦
		일이 많아서 피곤할 때 노래를 듣습니다. 工作很多很累時，會聽歌。

746 ☐	퇴근하다	動 下班
		거의 매일 일찍 퇴근하지만 오늘은 야근을 했습니다.
		幾乎每天很早下班，但今天加班了。

| 747 □ | 월급 | 名 薪水 |
| | | 매달 15일에 월급을 받고 있습니다. 每個月15日領薪水。 |

748 □	출장 [출짱]	名 出差
		다음 달에 사장님과 러시아로 출장을 갑니다.
		下個月和社長去俄羅斯出差。

| 749 □ | 팀 | 名 組 |
| | | 우리 팀에서 저만 외국인입니다. 我們這組，只我一個是外國人。 |

| 750 □ | 대표 | 名 代表 |
| | | 이것은 우리 회사 대표 상품입니다. 這個是我們公司的代表商品。 |

| 751 □ | 이웃 [이욷] | 名 鄰居 |
| | | 우리 동네에 좋은 이웃이 많이 살고 있습니다. 我們社區住很多好鄰居。 |

| 752 □ | 덕분 [덕뿐] | 副 託（你）的福 |
| | | 덕분에 건강하게 잘 지내고 있습니다. 託你的福，過得很好很健康。 |

| 753 □ | 함께 | 副 一起 |
| | | 친구하고 함께 운동도 하고 공부도 합니다. 和朋友一起運動、念書。 |

| 754 □ | 세배 | 名 拜年 |
| | | 명절에 어른들께 세배를 드립니다. 節日時，向長輩拜年。 |

755 □	세상	名 世上
		세상 모든 사람들이 바쁘게 살고 있습니다.
		世上所有的人，都忙著過日子。

| 756 □ | 세수 | 名 洗臉 |
| | | 아침과 저녁에 이를 닦고 세수를 합니다. 早上及晚上，要刷牙洗臉。 |

757 □	유학	名 留學
		말을 더 빨리 배우고 싶어서 유학을 가려고 합니다.
		因為想更快學語言，所以打算去留學。

| 758 □ | 전공 | 名 主修 |
| | | 저는 대학교에서 전기를 전공했습니다. 我在大學的時候主修電子。 |

759 □	학년 [항년]	名 年級
		이 사진을 중학교 2학년때 찍었습니다.
		這張照片，是我在國中2年級時拍的。

| 760 □ | 학기 [학끼] | 名 學期 |
| | | 한국은 3월부터 새 학기가 시작됩니다. 韓國是從3月開始新的學期。 |

小測驗

📅18 填字

	1.		C.	5.			10.
A.					7.		
			D.				
				6.		9.	
2.		4.				11.	
B.		3.			8.		

縱	橫
1. 出生	A. 主播
2. 英國	B. 外國人
3. 印度	C. 留學
4. 世上	4. 洗臉
5. 學期	D. 韓國
6. 教授	
7. 美國	7. 美容師
8. 住民	8. 主角
9. 藝人	
10. 護士	
11. 主修	

答案請見（P.215）

考前30分鐘小叮嚀

😋 國家和語言

國家	語言 （國家名稱+漢字語어或말）	人 （國家名稱+漢字語인或사람）
한국 韓國	한국어, 한국말	한국인, 한국 사람
대만 台灣	중국어, 중국말, 대만어	대만인, 대만 사람
중국 中國	중국어, 중국말	중국인, 중국 사람
일본 日本	일본어, 일본말	일본인, 일본 사람
인도네시아 印尼	인도네시아어, 인도네시아말	인도네시아인, 인도네시아 사람
태국 泰國	태국어, 태국말	태국인, 태국 사람
베트남 越南	베트남어, 베트남말	베트남인, 베트남 사람
필리핀 菲律賓	필리핀어, 필리핀말	필리핀인, 필리핀 사람
영국 英國	영어, 영국말	영국인, 영국 사람
미국 美國	영어, 미국말	미국인, 미국 사람
캐나다 加拿大	영어, 캐나다말	캐나다인, 캐나다 사람
프랑스 法國	프랑스어, 프랑스말, 불어	프랑스인, 프랑스 사람
독일 德國	독일어, 독일말	독일인, 독일 사람

＊曾考過的單字用顏色表示。

Day 20

- ☐ 761. 합격하다
- ☐ 762. 키
- ☐ 763. 추다
- ☐ 764. 키우다
- ☐ 765. 체험
- ☐ 766. 무겁다
- ☐ 767. 추억
- ☐ 768. 친해지다
- ☐ 769. 잘생기다
- ☐ 770. 참다
- ☐ 771. 자랑
- ☐ 772. 입원하다
- ☐ 773. 이기다
- ☐ 774. 지다

- ☐ 775. 여기저기
- ☐ 776. 뛰다
- ☐ 777. 떠들다
- ☐ 778. 똑똑하다
- ☐ 779. 따다
- ☐ 780. 마치다
- ☐ 781. 환자
- ☐ 782. 교환
- ☐ 783. 회비
- ☐ 784. 경제
- ☐ 785. 교통사고
- ☐ 786. 기념
- ☐ 787. 회관
- ☐ 788. 기회

- ☐ 789. 재미없다
- ☐ 790. 잠그다
- ☐ 791. 영수증
- ☐ 792. 대신
- ☐ 793. 상담하다
- ☐ 794. 부드럽다
- ☐ 795. 방송
- ☐ 796. 발표하다
- ☐ 797. 명절
- ☐ 798. 반대
- ☐ 799. 믿다
- ☐ 800. 미리

MP3-20

需要加強的單字請打 ✓

761 ☐	**합격하다** [합껴카다]	動 及格 올해 그 시험을 합격하고 싶습니다. 今年很想要考過那個考試。
762 ☐	**키**	名 個子、身高 앞집 아저씨는 키가 크고 뚱뚱합니다. 我家前面的叔叔，個子高又胖。
763 ☐	**추다**	動 跳（舞） 기분 좋은 노래를 들으면서 춤을 춥니다. 邊聽心情好的歌，邊跳舞。
764 ☐	**키우다**	動 養 이 집에서는 동물을 키우면 안됩니다. 這間房子不能養寵物。
765 ☐	**체험**	名 體驗 이 회사는 체험 상품을 써 볼 수 있습니다. 這家公司可以提供體驗商品。
766 ☐	**무겁다** [무겁따]	形 重 가방에 짐을 많이 넣어서 무겁습니다. 包包裡放了很多東西，所以很重。
767 ☐	**추억**	名 回憶 사진을 보면서 즐거운 추억을 떠올립니다. 看著照片想起愉快的回憶。
768 ☐	**친해지다**	形 熟 힘든 일을 같이 하면서 서로 친해졌습니다. 一起辛苦合作後，互相變熟了。
769 ☐	**잘생기다** [잘쌩기다]	形 長得帥 저 배우는 얼굴이 잘생기고 키가 큽니다. 那個演員，長得帥個子又高。
770 ☐	**참다** [참따]	形 忍耐 등산할 때 참고 올라가면 아름다운 경치를 볼 수 있습니다. 登山時忍耐著爬上去，可以看到很美的風景。
771 ☐	**자랑**	名 驕傲、為榮 저 할머니는 똑똑한 손녀를 항상 자랑합니다. 那位奶奶總是以有個聰明的孫女為榮。
772 ☐	**입원하다** [이붠하다]	動 住院 다리가 아파서 병원에 입원했습니다. 因為腳很痛所以住院了。
773 ☐	**이기다**	動 贏 이번 경기에서 또 우리 팀이 이길 겁니다. 這次比賽，又會是我們隊贏。
774 ☐	**지다**	動 輸 게임은 이기고 지는 것이 중요하지 않습니다. 遊戲贏輸不重要。

775 □	여기저기	副 這裡那裡 아이가 여기저기로 뛰어 다닙니다. 小孩這裡那裡跑來跑去。
776 □	뛰다	動 跑 위험하니까 여기에서 뛰지 마세요. 因為危險別在這裡跑。
777 □	떠들다	動 吵 도서관 앞에서 큰 소리로 떠들면 안됩니다. 在圖書館前面不可以大聲吵。
778 □	똑똑하다 [똑또카다]	形 聰明 똑똑한 남자를 소개해 주세요. 請介紹給我聰明的男生。
779 □	따다	動 採、摘 공원에 있는 꽃을 따지 마세요. 別摘公園裡的花。
780 □	마치다	動 結束 수업을 마치고 근처 야시장에서 구경합니다. 上課結束後，到附近的夜市觀光。
781 □	환자	名 病人 병원 안에서 환자는 환자복을 입어야 합니다. 在醫院裡，病人得穿病人服。
782 □	교환	名 交換 지난주에 산 바지를 교환하고 싶습니다. 想交換上星期買的褲子。
783 □	회비	名 會費 매달 오천 원씩 회비를 내야 합니다. 每個月要交會費5000韓圜。
784 □	경제	名 經濟 경제가 안 좋습니다. 우리 모두 절약합시다. 經濟不景氣。我們一起節約吧。
785 □	교통사고	名 車禍 이 장소는 교통사고가 자주 일어납니다. 這個地方常常出車禍。
786 □	기념	名 紀念 매년 설날에 가족들과 같이 기념 사진을 찍습니다. 每年新年都和家人一起拍照紀念。
787 □	회관	名 會館 동네 회관에서 어른들이 이야기를 합니다. 長輩在社區會館聊天。

788 ☐	기회	名 機會
		좋은 기회를 얻어서 다른 나라로 여행하려고 합니다. 有好的機會，打算去國外旅行。

789 ☐	재미없다 [재미업따]	形 沒意思
		혼자 게임을 하면 금방 재미가 없습니다. 一個人玩遊戲，很快就沒意思了。

790 ☐	잠그다	動 鎖、關閉
		외출을 할 때 문을 꼭 잠그세요. 外出時請一定要鎖門。

791 ☐	영수증	名 收據
		영수증에 물건 이름과 가격이 있습니다. 在收據中有物品名稱及價格。

792 ☐	대신	名 替代
		동전 대신 지폐로 주세요. 要兌換硬幣，請給我紙鈔。

793 ☐	상담하다	動 諮詢
		상담하고 싶은 사람은 전화하세요. 想要諮詢的人，請打電話。

794 ☐	부드럽다 [부드럽따]	形 柔軟
		이 옷은 가볍고 부드러워서 잘 팔릴 겁니다. 這件衣服很輕又柔軟，所以賣得很好。

795 ☐	방송	名 播放
		내일부터 한국어 뉴스를 방송할 겁니다. 從明天開始會播放韓文新聞。

796 ☐	발표하다	動 發表
		지난달에 본 시험 결과를 내일 발표할 겁니다. 上個月考試的結果，明天會公布。

797 ☐	명절	名 節日
		설날과 추석이 한국을 대표하는 명절입니다. 新年和中秋節是韓國的代表節日。

798 ☐	반대	名 反對；相反
		박물관에 가려면 반대쪽 지하철을 타야 합니다. 如果要去博物館得要坐反方向的地下鐵。

799 ☐	믿다 [믿따]	動 相信
		시험을 통과하려면 자신을 믿고 열심히 공부하세요. 想通過考試，要相信自己並努力念書。

800 ☐	미리	副 提早
		미리 준비하는 사람은 걱정이 없습니다. 提早準備的人，不會有煩惱。

填字

		1.			5.			
A.					E.			
		3.	4.					8.
B.								
					F.	7.		
	C.							
2.					6.			
D.					G.			

縱

1. 跳（舞）
2. 機會
3. 這裡那裡
4. 忍耐
5. 反對
6. 交換
7. 提早
8. 培養

橫

1. 回憶
A. 相信
B. 長得帥
C. 贏
D. 會費
E. 替代、代替
F. 不有趣
G. 病人

答案請見（P.216）

考前30分鐘小叮嚀

助詞 1

分類	助詞	意思、例句
主語	-이/가	表示主語不用翻譯 친구가 과자를 먹고 있습니다. 朋友在吃餅乾。
	-께서	表示主語不用翻譯（敬主語） 할머니께서 신문을 보십니다. 奶奶看報紙。
受詞	-을/를	表示受詞不用翻譯或把- 공을 던졌습니다. 把球丟了。
屬格	-의	-的 형의 가방에 책이 있습니다. 哥哥的包包裡有書。
和～	-하고	和（前後接名詞） 샌드위치하고 과일을 먹었습니다. 吃了三明治和水果。
	-(이)고	和（前後接動詞或形容詞） 테니스 치고 음악을 듣습니다. 打網球和聽音樂。
	-와/과	和 친구와 영화를 봅니다. 和朋友看電影。
	-(이)랑	和 엄마랑 여행을 갑니다. 和媽媽去旅行。
地點	-에	在- 지금 제주도에 있습니다. 在濟州島。
	-에서	在- 야시장에서 구경을 합니다. 在夜市走走。
	-으로	往- 여름에 부산으로 놀러 갑니다. 夏天去釜山玩。
時間	-에	在- 토요일에 한국어를 배웁니다. 在星期六學韓語。

分類	助詞	意思、例句
對象	-에게	-對、給 친구에게 선물을 주려고 합니다. 打算給朋友禮物。
	-한테	-對、給 오빠한테 카드를 쓸 겁니다. 要寫信給哥哥。
	-께	-敬、奉上 아버지께 차를 드립니다. 奉茶給父親。
來源	-에게서	-從 친구에게서 선물을 받았습니다. 從朋友（那裡）得到禮物。
	-한테서	-從 동생한테서 카드를 받았습니다. 從弟弟（那裡）得到卡片。
	-께서	-從 （敬來源的對象） 어머니께서 요리해 주십니다. （母親煮飯給我吃）從母親得到料理吃。
	-(으)로부터	-從 친구로부터 이메일을 받았습니다. （收到朋友的郵件）從朋友收到郵件。
方法、 手段	-(으)로	用- 신용카드로 지하철도 타고 물건도 삽니다. 用信用卡搭地鐵也可以買東西。

Day 21

Self-Check需要加強的單字請打 ✓

☐ 801. 독서하다	☐ 815. 열	☐ 829. 싫어하다
☐ 802. 스키	☐ 816. 넘다	☐ 830. 좋아하다
☐ 803. 야구	☐ 817. 콧물	☐ 831. 검정색
☐ 804. 축구	☐ 818. 주사	☐ 832. 노란색
☐ 805. 탁구	☐ 819. 몸	☐ 833. 빨간색
☐ 806. 태권도	☐ 820. 진료	☐ 834. 빨갛다
☐ 807. 테니스	☐ 821. 간단하다	☐ 835. 파랗다
☐ 808. 조깅하다	☐ 822. 연락	☐ 836. 흰색
☐ 809. 농구	☐ 823. 익다	☐ 837. 여러
☐ 810. 땀	☐ 824. 신다	☐ 838. 어떻다
☐ 811. 감기	☐ 825. 씻다	☐ 839. 어울리다
☐ 812. 기침	☐ 826. 앉다	☐ 840. 효과
☐ 813. 긴장	☐ 827. 자다	
☐ 814. 목	☐ 828. 입다	

MP3-21

需要加強的單字請打 ✓

801 ☐ **독서하다**
[독써하다]
動 閱讀、讀書
저는 시간이 있으면 독서를 합니다. 我空閒時間閱讀。

802 ☐ **스키**
名 滑雪
겨울에 한국에 가서 스키를 탑니다. 冬天去韓國滑雪。

803 ☐ **야구**
名 棒球
야구장에서 야구를 자주 봅니다. 常常去棒球場看棒球。

804 ☐ **축구** [축꾸]
名 足球
한국 사람들은 축구를 가장 좋아합니다. 韓國人最喜歡足球。

805 ☐ **탁구** [탁꾸]
名 桌球
주말에 아버지와 탁구를 칩니다. 週末和父親打桌球。

806 ☐ **태권도** [태꿘도]
名 跆拳道
태권도를 배우면서 한국어에 관심이 생겼습니다.
學跆拳道同時對韓文有興趣。

807 ☐ **테니스**
名 網球
매주 두 번씩 테니스를 배웁니다. 每個星期學兩次網球。

808 ☐ **조깅하다**
動 慢跑
조깅을 할 때 물을 마시고 음악을 듣습니다. 慢跑時喝水聽音樂。

809 ☐ **농구**
名 籃球
매주 화요일에 친구들과 농구를 합니다. 每個星期二和朋友打籃球。

810 ☐ **땀**
名 汗
운동을 할 때 땀을 많이 흘리기 때문에 수건을 가져갑니다.
運動時流很多汗，所以帶毛巾。

811 ☐ **감기**
名 感冒
감기에 걸린 것 같습니다. 好像感冒了。

812 ☐ **기침**
名 咳嗽
아침부터 기침이 심하게 납니다. 從早上開始嚴重咳嗽。

813 ☐ **긴장**
名 緊張
다음 주에 시험이 있어서 계속 긴장하고 있습니다.
下個星期有考試，所以一直很緊張。

814 ☐ **목**
名 喉嚨
지난주 목요일부터 목이 아프기 시작했습니다. 從上星期四開始喉嚨痛。

815 ☐	**열**	名 發燒 목요일부터 기침도 하고 열도 납니다. 從星期四開始咳嗽也發燒。
816 ☐	**넘다** [넘따]	動 超過 열이 38도가 넘으면 약을 드세요. 發燒超過38度，請吃藥。
817 ☐	**콧물** [콘물]	名 鼻水 콧물이 많이 나면 병원에 가 보세요. 流很多鼻水，請去看醫生。
818 ☐	**주사**	名 打針 약을 먹는 것은 좋아하지만 주사 맞는 것은 싫어합니다. 雖然喜歡吃藥，但討厭打針。
819 ☐	**몸**	名 身體 요즘 드라마를 오래 봐서 몸이 피곤합니다. 最近看了很久的連續劇，所以身體很疲倦。
820 ☐	**진료** [질료]	名 看診、診療 평소에 몇 시까지 진료를 합니까? 平常看診到幾點？
821 ☐	**간단하다**	形 簡單 너무 바빠서 집에서 간단한 운동을 합니다. 太忙了，（只好）在家做簡單的運動。
822 ☐	**연락** [열락]	名 聯絡 내일 다시 연락하겠습니다. 明天再聯絡。
823 ☐	**익다** [익따]	動 熟 바나나는 조금 익지 않은 것이 맛있습니다. 香蕉有點沒熟的才好吃。
824 ☐	**신다** [신따]	動 穿（鞋、襪子） 운동화를 신고 조깅을 해야 힘들지 않습니다. 穿上運動鞋慢跑才不會累。
825 ☐	**씻다** [씯따]	動 洗 이 그릇은 조심해서 씻어 주세요. 這個碗請小心洗。
826 ☐	**앉다** [안따]	動 坐 여기에 앉으면 무대가 잘 보입니다. 坐在這裡很容易看到舞台。
827 ☐	**자다**	動 睡 항상 좋은 음식을 먹고 잠을 잘 자야 합니다. 要經常吃好的飲食和好好睡。

| 828 ☐ | 입다 [입따] | 動 穿 |
| | | 아침에 미리 준비한 옷을 입고 학교에 갑니다.
早上穿上提前準備好的衣服去學校。 |

| 829 ☐ | 싫어하다
[시러하다] | 動 討厭、不喜歡 |
| | | 일할 때 너무 서두르는 것을 싫어합니다.　工作時不喜歡太急躁。 |

| 830 ☐ | 좋아하다
[조아하다] | 動 喜歡 |
| | | 홍차에 우유를 넣어서 마시는 것을 좋아합니다.　喜歡喝紅茶加牛奶。 |

| 831 ☐ | 검정색 | 名 黑色 |
| | | 오늘 검정색 안경을 새로 샀습니다.　今天新買黑色的眼鏡。 |

| 832 ☐ | 노란색 | 名 黃色 |
| | | 저기 노란색 티셔츠를 입은 사람이 우리 아빠입니다.
那裡穿黃色T恤的人，是我爸爸。 |

| 833 ☐ | 빨간색 | 名 紅色 |
| | | 이 그림도 태양을 빨간색으로 칠했습니다.　這幅畫也用紅色畫太陽。 |

| 834 ☐ | 빨갛다 [빨가타] | 形 紅 |
| | | 아이는 사탕을 먹어서 입이 빨갛습니다.
小孩吃了糖果，所以嘴巴紅紅的。 |

| 835 ☐ | 파랗다 [파라타] | 形 藍 |
| | | 오늘 날씨는 하늘이 파랗고 구름이 없습니다.　今天的天氣，藍天沒有雲。 |

| 836 ☐ | 흰색 | 名 白色 |
| | | 흰색은 더러워지기 쉽습니다.　白色容易變髒。 |

| 837 ☐ | 여러 | 名 許多、幾 |
| | | 그 동안 여러 나라를 여행했습니다.　過去（這段時間）旅行了許多國家。 |

| 838 ☐ | 어떻다 [어떠타] | 形 怎麼樣（=어떠하다） |
| | | 요즘 한국어 수업이 어때요?　最近韓文課（學得）如何？ |

| 839 ☐ | 어울리다 | 動 配合 |
| | | 저 여자는 옷과 머리 모양이 잘 어울립니다.　那位女子的衣服和髮型很配。 |

| 840 ☐ | 효과 | 名 效果 |
| | | 색깔을 잘 사용하면 좋은 효과가 나올 수 있습니다.
用對顏色，會出來好的效果。 |

小測驗

1. 공이 큽니다. 공을 발로 찹니다.
   ① 야구　　　　　② 축구
   ③ 스키　　　　　④ 탁구

2. 몸이 너무 춥습니다. 목과 머리가 아픕니다.
   ① 감기　　　　　② 긴장
   ③ 기침　　　　　④ 콧물

3. 병원에 갔습니다. 의사 선생님을 만나고 약을 받았습니다.
   ① 연락　　　　　② 효과
   ③ 이유　　　　　④ 진료

4. 매일 커피를 마십니다. 음악도 자주 듣습니다.
   ① 어울리다　　　② 싫어하다
   ③ 좋아하다　　　④ 간단하다

5. 밤입니다. 잠옷을 입고 침대에 누웠습니다.
   ① 씻다　　　　　② 자다
   ③ 앉다　　　　　④ 신다

6. 저 건너편 은행에 갑니다. 이 신호등 색깔은 길을 건널 수 없습니다.
   ① 빨간색　　　　② 검정색
   ③ 파란색　　　　④ 노란색

7. 양말이 있습니다. 신발도 준비했습니다.
   ① 앉다　　　　　② 신다
   ③ 입다　　　　　④ 씻다

8. 서점에 자주 갑니다. 책 보는 것을 좋아합니다.
   ① 독서하다　　　② 조깅하다
   ③ 진료하다　　　④ 스키타다

答案請見（P.216）

☕ 休閒活動

動詞	具體活動
하다 做	운동하다 做運動 （농구 籃球、야구 棒球、축구 足球、수영 游泳）
	등산하다（가다）爬山
	여행하다（가다）旅行
	노래하다（부르다）唱歌
	독서하다（=책 읽다 讀書、책 보다 看書）讀書
치다 打	테니스 치다 打網球
	탁구 치다 打桌球
	배드민턴 치다 打羽毛球
	피아노 치다 彈鋼琴
	골프 치다 打高爾夫球
타다 搭	자전거 타다 騎腳踏車
	스케이트 타다 溜冰
	스키 타다 滑雪

그림 그리다 畫畫	춤 추다 跳舞	음악 듣다 聽音樂

Day 22

☐ 841. 가을

☐ 842. 강

☐ 843. 구름

☐ 844. 구멍

☐ 845. 바람

☐ 846. 봄

☐ 847. 불다

☐ 848. 빛

☐ 849. 자라다

☐ 850. 환경

☐ 851. 단풍

☐ 852. 장마

☐ 853. 신선하다

☐ 854. 해

☐ 855. 푹

☐ 856. 쌓이다

☐ 857. 식물

☐ 858. 마르다

☐ 859. 새롭다

☐ 860. 나다

☐ 861. 동물

☐ 862. 강아지

☐ 863. 고양이

☐ 864. 나비

☐ 865. 호랑이

☐ 866. 모기

☐ 867. 새

☐ 868. 자연

☐ 869. 마리

☐ 870. 하늘

☐ 871. 호수

☐ 872. 장미

☐ 873. 날짜

☐ 874. 잠시

☐ 875. 정도

☐ 876. 가능하다

☐ 877. 가지다

☐ 878. 고치다

☐ 879. 위험하다

☐ 880. 이상하다

MP3-22

需要加強的單字請打 ✓

841 ☐	**가을**	名 秋 가을 단풍이 아름답습니다. 秋天的楓葉很美。
842 ☐	**강**	名 江、河 여름에 강에서 물놀이를 합니다. 夏天在河川玩水。
843 ☐	**구름**	名 雲 비행기는 구름 위를 지나갑니다. 飛機飛過雲的上面。
844 ☐	**구멍**	名 破洞；洞 옷에 구멍이 나서 입을 수 없습니다. 衣服上有破洞無法穿。
845 ☐	**바람**	名 風 선풍기 바람이 시원합니다. 電風扇吹出來的風很涼爽。
846 ☐	**봄**	名 春 가장 좋아하는 계절은 따뜻한 봄입니다. 最喜歡的季節是溫暖的春天。
847 ☐	**불다**	動 吹（風）、起（風） 내일 아침부터 바람이 불고 추워집니다. 從明天早上開始起風變冷。
848 ☐	**빛** [빋]	名 光、光澤 아침에 창문으로 빛이 들어오면 일어납니다. 早上光線從窗戶射進來就會起床。
849 ☐	**자라다**	動 長大 공기가 좋은 시골에서 자랐습니다. （我）在空氣很好的鄉下長大。
850 ☐	**환경**	名 環境 주변 환경은 우리 생활에 영향을 줍니다. 附近的環境，對我們的生活有影響。
851 ☐	**단풍**	名 楓葉 가을 단풍을 구경하려고 등산을 합니다. 為了欣賞秋天的楓葉而去爬山。
852 ☐	**장마**	名 梅雨 이번 주부터 장마 때문에 빨래가 안 마릅니다. 本週開始因為梅雨，洗的衣服都不會乾。
853 ☐	**신선하다**	形 新鮮 이 책의 내용이 정말 신선합니다. 這本書的內容很新鮮。 매일 아침 신선한 우유를 마십니다. 每天早上喝新鮮的牛奶。

| 854 ☐ | 해 | 名 太陽 |
| | | 아침 6시 전에 해가 뜹니다.　早上6點以前出太陽。 |

| 855 ☐ | 푹 | 形 好好的；沉 |
| | | 감기에 걸렸을 때 약을 먹고 푹 쉬세요.　感冒時吃藥好好休息。 |

| 856 ☐ | 쌓이다 [싸이다] | 動 累積 |
| | | 일이 너무 많으면 스트레스가 쌓입니다.　工作太多，會累積壓力。 |

857 ☐	식물 [싱물]	名 植物
		비가 오고 해가 나오면 식물이 잘 자랍니다.
		下雨出太陽，植物會成長很好。

| 858 ☐ | 마르다 | 動 乾燥 |
| | | 땅이 마르면 농사가 어렵습니다.　土地乾燥很難耕種。 |

| 859 ☐ | 새롭다 [새롭따] | 形 新 |
| | | 새로운 환경에 빨리 적응하고 싶습니다.　想快點適應新的環境。 |

860 ☐	나다	動 出；長；起
		그 동료의 이름이 기억 나지 않습니다.　想不起來那位同事的名字。
		열이 나고 머리가 아픕니다.　發燒頭痛。

861 ☐	동물	名 動物
		등산을 하면 산에서 여러 동물을 볼 수 있습니다.
		登山時，在山上可以看到許多動物。

| 862 ☐ | 강아지 | 名 小狗 |
| | | 요즘은 강아지를 키우는 사람이 많아졌습니다.　最近養小狗的人變多了。 |

| 863 ☐ | 고양이 | 名 貓 |
| | | 고양이는 털이 부드럽습니다.　貓的毛很柔軟。 |

| 864 ☐ | 나비 | 名 蝴蝶 |
| | | 봄에 나비가 여기저기 날아 다닙니다.　春天蝴蝶飛來飛去。 |

| 865 ☐ | 호랑이 | 名 老虎 |
| | | 동물원에 가면 호랑이를 꼭 보러 갑니다.　去動物園一定要去看老虎。 |

866 ☐	모기	名 蚊子
		여름이 아니지만 요즘 모기가 너무 많습니다.
		雖然不是夏天，但最近太多蚊子。

| 867 ☐ | 새 | 名 鳥 |
| | | 아침에 새 소리를 들으면서 일어납니다.　早上聽著鳥叫聲起床。 |

| 868 ☐ | 자연 | 名 自然 |
| | | 소중한 자연 환경을 보호합시다. 一起來保護寶貴的自然環境吧。 |

| 869 ☐ | 마리 | 量 隻 |
| | | 집에 몇 마리의 고양이가 있습니까? 家裡有幾隻貓？ |

| 870 ☐ | 하늘 | 名 天空 |
| | | 요즘은 하늘이 맑고 공기가 좋습니다. 最近天空很晴朗，空氣也很好。 |

| 871 ☐ | 호수 | 名 湖 |
| | | 호수에서 산책하면서 동물을 구경합니다. 在湖邊散步欣賞動物。 |

| 872 ☐ | 장미 | 名 玫瑰 |
| | | 선생님이 가장 좋아하는 꽃은 장미입니다. 老師最喜歡的花是玫瑰。 |

| 873 ☐ | 날짜 | 名 日子、日期 |
| | | 쉬는 날짜를 여기에 적어 주세요. 休假日請寫在這裡。 |

| 874 ☐ | 잠시 | 名 副 暫時 |
| | | 잠시만 기다리면 곧 준비하겠습니다. 等一下馬上會準備。 |

| 875 ☐ | 정도 | 名 左右 |
| | | 부산까지 한 시간 정도 걸립니다. 到釜山需要一個小時左右。 |

876 ☐	가능하다	動 可能、可以
		비행기 안에서 가능하면 휴대 전화를 쓰지 마세요.
		如果可以的話，在飛機上別使用手機。

| 877 ☐ | 가지다 | 動 擁有 |
| | | 저는 휴대 전화를 두 대 가지고 있습니다. 我擁有兩台手機。 |

| 878 ☐ | 고치다 | 動 修 |
| | | 냉장고가 고장 나서 내일 고칠 겁니다. 因為冰箱壞掉了，明天要修。 |

| 879 ☐ | 위험하다 | 形 危險 |
| | | 너무 오래된 차를 운전하면 위험합니다. 開太舊的車會有危險。 |

880 ☐	이상하다	形 奇怪
		요즘 공기가 깨끗하지 않고 날씨도 이상합니다.
		最近空氣不乾淨，天氣也奇怪。

🔍 小測驗

1. 우리는 자연을 아끼고 (　　　)을 보호
해야 합니다.
① 환경　　　　② 구름
③ 호수　　　　④ 하늘

2. 추운 겨울이 지나가고 따뜻한 (　　　)
이 옵니다.
① 강　　　　　② 구름
③ 봄　　　　　④ 가을

3. 학교 근처로 이사했습니다. (　　　)
동네에서 삽니다.
① 이상한　　　② 가능한
③ 위험한　　　④ 새로운

4. 비가 많이 온 후에 공원의 나무들도 많이
(　　　).
① 말랐습니다　② 불었습니다
③ 자랐습니다　④ 쌓였습니다

5. 동물원에 가서 여러 (　　　)을 구경합
니다.
① 나비　　　　② 하늘
③ 동물　　　　④ 모기

6. 가끔 머리 위 (　　　)을 보면 기분이
좋아집니다.
① 호수　　　　② 하늘
③ 호랑이　　　④ 장미

7. 이 식당은 주말에 예약이 (　　　)지
않습니다.
① 가능하　　　② 가지
③ 이상하　　　④ 고치

8. 공원에서는 음식을 만들 수 없습니다. 불
을 사용하면 (　　　).
① 고칩니다　　② 가능합니다
③ 이상합니다　④ 위험합니다

答案請見（P.216）

考前30分鐘小叮嚀

☕ 助詞 2

分類	助詞	意思、例句
並列	-하고	和（前後接名詞） 책상에 컴퓨터하고 책이 있습니다. 桌上有電腦和書。
	-고	和（前後接動詞或形容詞） 잠자고 쉽니다. 睡覺休息。
	-도	-也（並列的對象都要加도） 밥도 먹고 국도 마십니다. 吃飯也喝湯。
限制	-만	只 텔레비전만 좋아합니다. 只喜歡電視。
	밖에	只有（後面接否定詞但不翻譯出來） 이번 주는 오늘 밖에 시간이 없습니다. 這星期只有今天有空。
平均	-마다	每…… 아침마다 홍차를 마십니다. 每天早上喝紅茶。
	-씩	每…… 학교에서 50분씩 공부하고 10분 쉽니다. 在學校每上50分鐘休息十分鐘。
選擇	-(이)나	-或- 노래나 운동을 하세요. 請唱歌或運動。
比較	-만큼	-的程度 겨울 만큼 춥고 바람이 붑니다. 冷和吹風都是冬天的程度。
	-보다	-比 오늘은 어제보다 더 춥습니다. 今天比昨天冷。
比喻	같이	像……一樣 오빠같이 공부를 잘합니다. 像哥哥一樣很會念書。
	처럼	像……一樣 배우처럼 예쁩니다. 像演員一樣漂亮。

Self-Check需要加強的單字請打 ✓

☐ 881. 올해	☐ 895. 나흘	☐ 909. 싫다
☐ 882. 작년	☐ 896. 일요일	☐ 910. 안전하다
☐ 883. 내년	☐ 897. 나누다	☐ 911. 답장
☐ 884. 월	☐ 898. 나타내다	☐ 912. 비자
☐ 885. 고르다	☐ 899. 넣다	☐ 913. 교과서
☐ 886. 기르다	☐ 900. 쉽다	☐ 914. 단어
☐ 887. 기억하다	☐ 901. 저녁	☐ 915. 설명
☐ 888. 끝내다	☐ 902. 지난주	☐ 916. 청바지
☐ 889. 괜찮다	☐ 903. 화요일	☐ 917. 발음
☐ 890. 나쁘다	☐ 904. 놓다	☐ 918. 정확하다
☐ 891. 수요일	☐ 905. 두다	☐ 919. 전기
☐ 892. 느끼다	☐ 906. 누르다	☐ 920. 저금
☐ 893. 목요일	☐ 907. 두드리다	
☐ 894. 금요일	☐ 908. 슬프다	

需要加強的單字請打 ✓

881 ☐	올해	名 今年
		올해부터 겨울에 한국에서 스키를 타려고 합니다.
		今年開始，冬天打算在韓國滑雪。

| 882 ☐ | 작년 [장년] | 名 去年 |
| | | 작년 여름부터 한국어를 배우기 시작했습니다. 從去年夏天開始學韓文。 |

883 ☐	내년	名 明年
		내년에는 한국 대학교를 다니면서 친구도 사귀고 싶습니다.
		明年想要在韓國讀大學並交朋友。

| 884 ☐ | 월 | 名 月 |
| | | 매월 첫째 주 월요일은 쉬는 날입니다. 每個月第一個星期一是休息日。 |

| 885 ☐ | 고르다 | 動 選 |
| | | 좋아하는 색깔을 골라 보세요. 請選看看喜歡的顏色。 |

886 ☐	기르다	動 培養；種植
		어릴 때부터 좋은 습관을 기르는 것이 좋습니다.
		從小培養好的習慣比較好。

| 887 ☐ | 기억하다 [기어카다] | 動 記 |
| | | 한자를 생각하면서 단어를 기억하세요. 請你邊想漢字邊記單字。 |

| 888 ☐ | 끝내다 [끈내다] | 動 結束、完成 |
| | | 8시까지 이 보고서를 다 끝내세요. 到晚上8點，請你將這份報告完成。 |

| 889 ☐ | 괜찮다 [괜찬타] | 形 沒關係 |
| | | 가끔 아침 식사를 하지 않아도 괜찮습니다. 偶爾不吃早餐也沒關係。 |

| 890 ☐ | 나쁘다 | 形 壞、不好 |
| | | 밤에 일을 많이 하면 눈이 나빠집니다. 晚上做很多工作，眼睛會變不好。 |

891 ☐	수요일	名 星期三
		매주 수요일에 좋아하는 텔레비전 프로그램이 있습니다.
		每個星期三，有喜歡（看的）電視節目。

892 ☐	느끼다	形 感覺
		여행할 때 그 지역은 깨끗하고 아름답다고 느꼈습니다.
		旅行時覺得那個地區又乾淨又美。

| 893 ☐ | 목요일 [모교일] | 名 星期四 |
| | | 목요일은 피아노를 배우는 날입니다. 星期四是學鋼琴的日子。 |

894 ☐	**금요일** [그묘일]	**名** 星期五
		금요일 저녁부터 이 길은 차가 막힙니다.
		從星期五開始，這條路會塞車。

895 ☐	**나흘**	**名** 四天
		나흘 동안 회의에 참석해야 합니다. 四天的時間得要參加會議。

896 ☐	**일요일** [이료일]	**名** 星期日
		일요일은 오후에 약속을 하지 않습니다. 星期日下午（我）不跟人家約。

897 ☐	**나누다**	**動** 分享
		이사하면 음식을 나누어 먹는 습관이 있습니다.
		搬新家，有分送食物請（鄰居）吃的習慣。

898 ☐	**나타내다**	**便** 表現
		문화는 그 나라의 모습을 잘 나타냅니다. 文化表現出那個國家的樣貌。

899 ☐	**넣다** [너타]	**動** 放、投
		서비스가 마음에 들면 여기에 팁을 넣어 주세요.
		如果喜歡（這家店的）服務，請將服務費投在這裡。

900 ☐	**쉽다** [쉽따]	**形** 容易、簡單
		한국어는 글자가 쉽지만 발음은 어렵습니다.
		韓國文字雖然簡單，但發音很難。

901 ☐	**저녁**	**名** 晚上
		저녁에 밥을 먹으면서 텔레비전을 봅니다. 晚上邊吃飯邊看電視。

902 ☐	**지난주**	**名** 上週
		지난주부터 비가 오기 시작했습니다. 從上星期開始下雨了。

903 ☐	**화요일**	**名** 星期二
		화요일에 중요한 시험을 봐야 합니다. 星期二有重要的考試要考。

904 ☐	**놓다** [노타]	**動** 放
		여기에 전화기를 놓아 주세요. 手機請放在這裡。

905 ☐	**두다**	**動** 放
		휴대 전화를 회사 책상에 두고 집에 왔습니다.
		把手機放在公司的書桌上就回來了。

906 ☐	**누르다**	**動** 按
		이것을 누르면 바로 전화할 수 있습니다. 按這個就可以打電話。

907 ☐	**두드리다**	動 敲門 방에 들어가기 전에 문을 두드리세요. 進房間之前，請敲門。
908 ☐	**슬프다**	形 難過、傷心 밤에 슬픈 영화를 보면서 눈물을 흘립니다. 深夜看著傷心的電影流眼淚。
909 ☐	**싫다** [실타]	形 討厭 무서운 영화는 싫습니다. 不喜歡（討厭）恐怖電影。
910 ☐	**안전하다**	形 安全 비가 올 때 구두를 신고 나가면 안전하지 않습니다. 下雨時穿著皮鞋出去會不安全。
911 ☐	**답장** [답짱]	名 回信 메일을 보고 답장하는 것을 잊지 마세요. 收到電子郵件別忘了要回信。
912 ☐	**비자**	名 簽證 그 나라를 여행하려면 비자가 필요합니다. 如果要去那個國家需要簽證。
913 ☐	**교과서**	名 教科書 교과서를 보면서 한글을 큰 소리로 읽습니다. 看著教課書念韓文，念得很大聲。
914 ☐	**단어** [다너]	名 單字 모르는 단어는 노트에 씁니다. 不知道的單字寫在筆記本上。
915 ☐	**설명**	名 說明 이해가 안 되는 부분은 설명을 보세요. 不懂的地方請看說明。
916 ☐	**청바지**	名 牛仔褲 청바지를 깨끗하게 빨아서 말립니다. 將牛仔褲洗乾淨晾乾。
917 ☐	**발음** [바름]	名 發音 발음 연습은 아주 중요합니다. 發音的練習非常重要。
918 ☐	**정확하다** [정화카다]	形 正確 시디를 들으면서 정확하게 연습하세요. 請聽著CD正確練習。
919 ☐	**전기**	名 電機 날씨가 추워도 전기 제품을 많이 사용하면 안됩니다. 即使天氣冷，也不可以使用太多電機產品。
920 ☐	**저금**	名 存錢 매달 돈을 모아서 저금합니다. 把每個月賺的錢存起來。

小測驗

1. 설날입니다. (　　　) 계획을 노트에 쓉니다.
   ① 작년　　　　　　② 올해
   ③ 내년　　　　　　④ 내후년

2. 엄마하고 백화점에 왔습니다. 예쁜 옷을 (　　　).
   ① 고릅니다　　　　② 기릅니다
   ③ 나쁩니다　　　　④ 끝냅니다

3. 학교 친구들과 같이 숙제를 합니다. 두 명씩 조를 (　　　).
   ① 나타냅니다　　　② 끝냅니다
   ③ 두드립니다　　　④ 나눕니다

4. 시험을 준비합니다. (　　　)부분부터 공부합니다.
   ① 넣은　　　　　　② 쉬운
   ③ 놓은　　　　　　④ 둔

5. (　　　)에 여행을 갔습니다. 너무 기분이 좋았습니다.
   ① 지난주　　　　　② 이번주
   ③ 다음 주　　　　④ 다다음 주

6. 친구 방에 들어갑니다. 들어가기 전에 문을 (　　　).
   ① 정확합니다　　　② 안전합니다
   ③ 두드립니다　　　④ 나타냅니다

7. 지난주에 친구에게 편지를 보냈습니다. 그리고 오늘 (　　　)을 받았습니다.
   ① 설명　　　　　　② 비자
   ③ 발음　　　　　　④ 답장

8. 모르는 것이 많습니다. 선생님께서 (　　　)해 주십니다.
   ① 전기　　　　　　② 설명
   ③ 단어　　　　　　④ 저금

答案請見（P.217）

☕ 冠形型

		現在式 -는	過去式 -ㄴ/은	未來式 -ㄹ/을
動詞	사다 買	사는 사람 買的人	산 사람 買過的人	살 사람 要買的人
	먹다 完	먹는 사람 吃的人	먹은 사람 吃過的人	먹을 사람 要吃的人

		現在式 -ㄴ/은	過去式 -던 （表示過去的回憶）	未來式 -ㄹ/을
形容詞	예쁘다 漂亮	예쁜 사람 漂亮的人	예쁘던 사람 （那時）漂亮的人	예쁠 사람 會變漂亮的人
	좋다 好	좋은 사람 好的人	좋던 사람 （那時）好的人	좋을 사람 會變好的人

		現在式 -인	過去式 -이던 （表示過去的回憶）	未來式 -일
名詞	가수 歌手	가수인 친구 歌手的朋友	가수이던 친구 （那時）歌手的朋友	가수일 친구 會當歌手的朋友
	연예인 藝人	연예인인 친구 藝人的朋友	연예인이던 친구 （那時）藝人的朋友	연예인일 친구 會當藝人的朋友

Day 24

☐ 921. 치우다	☐ 935. 변하다	☐ 949. 취소하다
☐ 922. 반바지	☐ 936. 열심히	☐ 950. 감사하다
☐ 923. 만약	☐ 937. 조심하다	☐ 951. 매우
☐ 924. 전날	☐ 938. 그런데	☐ 952. 전혀
☐ 925. 창문	☐ 939. 바로	☐ 953. 목적
☐ 926. 크리스마스	☐ 940. 무척	☐ 954. 잘못
☐ 927. 프로그램	☐ 941. 중요하다	☐ 955. 자세하다
☐ 928. 돌다	☐ 942. 부탁하다	☐ 956. 약간
☐ 929. 만지다	☐ 943. 시키다	☐ 957. 뜻
☐ 930. 세우다	☐ 944. 연락하다	☐ 958. 물가
☐ 931. 들어오다	☐ 945. 움직이다	☐ 959. 매다
☐ 932. 바라다	☐ 946. 초대하다	☐ 960. 맡기다
☐ 933. 떠나다	☐ 947. 친하다	
☐ 934. 돕다	☐ 948. 축하하다	

🔊 MP3-24

需要加強的單字請打 ✓

921 ☐	**치우다**	動 整理 책상 위를 깨끗하게 치워 주세요. 請幫忙將桌面整理乾淨。
922 ☐	**반바지**	名 短褲 오늘 산 반바지는 저에게 조금 큽니다. 今天買的短褲對我而言有一點大。
923 ☐	**만약** [마냑]	名 如果 만약 내일 비가 오면 다음 주에 소풍을 갈 겁니다. 如果明天下雨，（改為）下星期郊遊。
924 ☐	**전날**	名 前一天 신청서를 내기 전날 미리 전화를 해 주세요. 交申請書前一天請先打電話。
925 ☐	**창문**	名 窗戶 창문에도 크리스마스 장식을 했습니다. 在窗戶上也有聖誕裝飾。
926 ☐	**크리스마스**	名 聖誕節 크리스마스에 친척들과 우리 집에서 파티를 할 겁니다. 聖誕節和親戚在我家要開派對。
927 ☐	**프로그램**	名 節目 명절 텔레비전 프로그램은 아주 다양합니다. 節日期間的電視節目非常多樣。
928 ☐	**돌다**	動 轉 은행에서 오른쪽으로 돌면 슈퍼마켓이 나옵니다. 在銀行右轉會看到超市（出現）。
929 ☐	**만지다**	他 摸、碰 전시회에서 그림은 만질 수 없습니다. 在展覽會中不能碰畫作。
930 ☐	**세우다**	他 停車、建立 지하 주차장에 차를 세워 주세요. 把車子停在地下停車場。
931 ☐	**들어오다** [드러오다]	動 進來 이 식당 음식은 맛있어서 손님이 계속 들어옵니다. 這家餐廳的菜因為很好吃，所以客人持續進來。
932 ☐	**바라다**	他 希望、盼望 다음에 또 만날 수 있기를 바랍니다. 希望下次可以再一次見到你。
933 ☐	**떠나다**	動 離開 여행을 떠날 때 짐을 가볍게 하세요. 去旅行時行李要輕便。

934 ☐	**돕다** [돕따]	動 幫忙 일이 많았지만 동료들이 함께 도와서 금방 끝냈습니다. 本來事情多，但同事一起幫忙很快就結束了。
935 ☐	**변하다**	動 變 이 물건은 너무 오래 써서 색깔이 변했습니다. 這個東西用太久，所以變顏色了。
936 ☐	**열심히** [열씸히]	形 努力地 열심히 공부하면 시험을 통과할 수 있습니다. 如果很努力念書可以通過考試。
937 ☐	**조심하다**	形 小心 밤에 운전을 할 때 조심하세요. 晚上開車時請小心。
938 ☐	**그런데**	副 不過 어제는 날씨가 좋았습니다. 그런데 오늘은 눈이 옵니다. 昨天天氣很好。不過今天下雪了。
939 ☐	**바로**	副 馬上、就 집으로 돌아오면 바로 손을 씻어야 합니다. 回家時，要馬上洗手。
940 ☐	**무척**	副 非常、十分 강아지가 노는 모습은 무척 귀엽습니다. 小狗玩的模樣，十分可愛。
941 ☐	**중요하다**	形 重要 이번 시험은 학생들에게 아주 중요합니다. 這次的考試對學生來說很重要。
942 ☐	**부탁하다** [부타카다]	動 拜託 오늘부터 이 회사에서 일합니다. 잘 부탁합니다. 從今天開始在這家公司上班。請多多指教。
943 ☐	**시키다**	動 讓（誰）做 간단한 일은 학생을 시킵니다. 簡單的事情讓學生做。
944 ☐	**연락하다** [열라카다]	動 聯絡 오늘 학교에 안 온 친구에게 연락해 보세요. 請聯絡看看今天沒有來學校的朋友。
945 ☐	**움직이다** [움지기다]	動 動 강아지가 자니까 움직이지 않습니다. 小狗在睡覺不會動。
946 ☐	**초대하다**	動 邀請 생일 파티에 모두 스무 명을 초대했습니다. 生日派對共邀請了二十個人。

947 친하다
形（和某人）熟
선생님과 학생이 모두 친합니다. 老師和學生都很熟。

948 축하하다 [추카하다]
動 恭喜、祝賀
승진을 진심으로 축하합니다. 真心恭喜您升職了。

949 취소하다
動 取消
방금 주문한 음식을 취소하고 싶습니다. 我想取消剛點的菜。

950 감사하다
動 感謝
지난번에 많이 도와주어서 감사합니다. 感謝上次幫很多忙。

951 매우
副 十分
이 드라마는 매우 재미있습니다. 這部連續劇十分有趣。

952 전혀
副 完全（接否定詞）
설명을 여러 번 들었지만 전혀 이해하지 못했습니다.
說明聽了很多次，但完全沒辦法理解。

953 목적 [목쩍]
名 目的
한국어를 배우는 목적은 여행 때문입니다.
學韓文的目的是因為旅行的關係。

954 잘못 [잘몯]
名 錯
이름을 잘못 썼습니다. 寫錯名字了。

955 자세하다
形 仔細、詳細
친구의 얼굴을 자세하게 그려 보세요. 請仔細畫看看朋友的臉。

956 약간 [약깐]
名 一點點
백김치도 약간 맵습니다. 白泡菜也有一點點辣。

957 뜻 [뜯]
名 意思
이 단어는 읽을 수 있지만 뜻을 모릅니다. 這個單字會讀不過不知意思。

958 물가 [물까]
名 物價
요즘 물가가 계속 오르고 있습니다. 最近物價繼續往上升。

959 매다
動 打結
운동화 끈을 잘 매고 학교에 갑니다. 結好運動鞋鞋帶去學校。

960 맡기다 [맏끼다]
動 交給、託
짐을 맡기고 물건을 사러 갑니다. 先託放行李再去買東西。

小測驗

1. 박물관에서 전시품을 (　　　　) 마세요.
   ① 바리지　　　　② 만지지
   ③ 변하지　　　　④ 시키지

2. 한국어를 배우는 (　　　　)이 무엇입니까?
   ① 목적　　　　　② 물가
   ③ 전날　　　　　④ 약간

3. 친구는 이 학교를 (　　　　) 유학 갔습니다.
   ① 변해서　　　　② 맡겨서
   ③ 치워서　　　　④ 떠나서

4. 아침을 먹고 (　　　　) 회사에 갔습니다.
   ① 바로　　　　　② 무척
   ③ 매우　　　　　④ 전혀

5. 길에서 외국인을 만나서 (　　　　)주었습니다.
   ① 도와　　　　　② 변해
   ③ 돌아　　　　　④ 맡겨

6. 저 두 사람은 우리 회사에서 제일 (　　　　).
   ① 변합니다　　　② 세웁니다
   ③ 친합니다　　　④ 바랍니다

7. 생일 파티에 (　　　　) 사람이 모두 스무 명입니다.
   ① 중요한　　　　② 초대한
   ③ 감사한　　　　④ 취소한

8. 내일 야근해야 합니다. 그래서 약속을 (　　　　).
   ① 취소했습니다　　② 부탁했습니다
   ③ 자세했습니다　　④ 조심했습니다

答案請見（P.217）

考前30分鐘小叮嚀

☕ 原因和理由

-아서/어서	表示原因或理由時與-(으)니까互相替換。但後面不能接命令或勸誘（建議）形。	밥을 먹어서 배가 부릅니다. 因為吃過飯，所以飽了。 추워서 외투를 입었습니다. 很冷的關係，所以穿外套。 외국 사람이어서 도와주었습니다. 因為是外國人，所以幫忙了。 이 드라마가 재미있어서 같이 봅시다. （×） 這部戲劇很好看，一起看吧。（×）
-(으)니까	與-(으)니까互相替換。但後面不能接表示感情的形容詞。	내일 여행가니까 준비하세요. 明天去旅遊，所以請準備。 늦었으니까 빨리 갑시다. 遲到了，快點去吧。 한국 요리니까 맵습니다. 因為是韓國料理，所以很辣。 늦었으니까 미안합니다. （×） 遲到了，對不起。（×）
-기 때문에	表示原因，後面不能接命令或勸誘（建議）形。	학교에 가기 때문에 일찍 잡니다. 因為要去學校的關係，所以早一點睡。 얼굴이 멋있기 때문에 친구가 많습니다. 因為臉很帥，所以有很多朋友。 스키 때문에 겨울을 좋아합니다. 滑雪的關係喜歡冬天。 배고프기 때문에 밥 먹읍시다. （×） 因為肚子餓了，所以吃飯吧。（×）
-느라고	限接動詞 要一致前後動詞的時間點，但前面只接現在式。	드라마 보느라고 잠을 적게 잤습니다. 看戲劇而睡很少。（該要睡的時間看戲劇。） 밥을 먹느라고 학교에 늦었어요. 吃飯的關係，而遲到學校。 （該要去學校的時間還在吃飯。）

Day 25

Self-Check需要加強的單字請打 ✓

☐ 961. 포장하다	☐ 975. 인사하다	☐ 989. 주로
☐ 962. 정말	☐ 976. 일어나다	☐ 990. 특히
☐ 963. 확인하다	☐ 977. 주문하다	☐ 991. 갑자기
☐ 964. 맞다	☐ 978. 준비하다	☐ 992. 거의
☐ 965. 제일	☐ 979. 훨씬	☐ 993. 곧
☐ 966. 묻다	☐ 980. 쪽	☐ 994. 그냥
☐ 967. 어서	☐ 981. 잊다	☐ 995. 다
☐ 968. 많아지다	☐ 982. 잊어버리다	☐ 996. 더
☐ 969. 활용하다	☐ 983. 자르다	☐ 997. 따로
☐ 970. 모시다	☐ 984. 어느	☐ 998. 또
☐ 971. 혹시	☐ 985. 진짜	☐ 999. 그러니까
☐ 972. 항상	☐ 986. 쭉	☐ 1000. 아까
☐ 973. 옮기다	☐ 987. 오래	
☐ 974. 원하다	☐ 988. 이따가	

MP3-25

需要加強的單字請打 ✓

961 ☐	**포장하다**	動 包裝 예쁘게 포장해서 친구에게 선물합니다. 把禮物包裝包得漂亮之後，送給朋友。
962 ☐	**정말**	副 真的 정말 좋아하면 끝까지 열심히 하세요. 如果真的喜歡，請努力到最後。
963 ☐	**확인하다** [화긴하다]	動 確認 치마의 사이즈와 색깔을 다시 확인합니다. 再確認裙子的尺寸和顏色。
964 ☐	**맞다** [맏따]	動 對、合、配得上 선생님과 학생들은 마음이 잘 맞습니다. 老師和學生合得來。
965 ☐	**제일**	副 最 제일 좋아하는 한국 음식은 김치입니다. （我）最喜歡的韓國料理是泡菜。
966 ☐	**묻다** [묻따]	動 問 길을 잘 모르면 사람들에게 물어 보세요. 如果不知道路，請問路人。
967 ☐	**어서**	副 快 늦었어요. 어서 밥을 먹고 회사에 가세요. 太晚了。快點吃飯去公司。
968 ☐	**많아지다** [마나지다]	動 變多 한국어를 배우는 학생들이 점점 많아졌습니다. 學韓文的學生逐漸變多。
969 ☐	**활용하다** [화룡하다]	動 活用、運用 오늘 배운 내용을 꼭 활용해 보세요. 今天學過的內容，一定要運用看看。
970 ☐	**모시다**	動 侍奉、招待 새 가게에서 손님을 모시겠습니다. 即將在新的店裡招待顧客。
971 ☐	**혹시**	副 或許、萬一 혹시 전에 피아노를 배운 적이 있습니까? 或許之前學過鋼琴呢？
972 ☐	**항상**	副 總是 두 사람은 항상 같이 운동을 합니다. 兩個人總是一起運動。
973 ☐	**옮기다** [옴기다]	動 搬、移 이 식당은 장소를 옮기고 손님이 더 많아졌습니다. 這家餐廳搬個地方客人變更多了。

974 ☐	원하다	動 願意、希望
		사람들은 행복하기를 원합니다. 人們都希望幸福。

975 ☐	인사하다	動 打招呼
		모르는 친구들과도 인사하세요. 跟不認識的朋友也要打招呼。

976 ☐	일어나다 [이러나다]	動 起床
		아침에 일어나면 제일 먼저 시계를 봅니다. 早上起床第一件事是看時鐘。

977 ☐	주문하다	動 點東西、訂購
		배가 고프니까 어서 주문합시다. 肚子餓了，快點東西吧。

978 ☐	준비하다	動 準備
		준비를 다 했으면 저에게 말해 주세요. 如果準備好了請告訴我。

979 ☐	훨씬	副 更
		여자 친구 선물은 케이크보다 꽃이 훨씬 좋을 것입니다. （送）女友禮物，花比蛋糕更好。

980 ☐	쪽	名 邊；頁
		창가쪽에 앉아서 경치를 보고 있습니다. 坐在窗邊看著風景。

981 ☐	잊다 [읻따]	動 忘記
		소풍 가는 날짜를 잊었습니다. 忘了郊遊的日子。

982 ☐	잊어버리다 [이저버리다]	動 忘掉
		우산을 가지고 오는 것을 잊어버렸습니다. 忘掉有帶雨傘來的事。

983 ☐	자르다	動 剪
		머리를 자르러 미용실에 갑니다. 去美容院剪頭髮。

984 ☐	어느	冠 哪
		어느 커피숍에서 친구를 기다릴 겁니까? 要在哪家咖啡廳等朋友呢？

985 ☐	진짜	副 真的
		이 사진관은 사진이 진짜 예쁩니다. 這家相館的照片，真漂亮。

986 ☐	쭉	副 一直
		이 신발을 3년 전에 사서 쭉 신고 있습니다. 3年前買這雙鞋一直穿（到現在）。

987 ☐	오래	副 久
		오래 전에 이 동네에서 살았습니다. 很久以前住過這個社區。

988 ☐ **이따가**
副 等一下（=이따）
이따가 다시 전화를 걸겠습니다. 等一下會再打電話。

989 ☐ **주로**
副 主要
시간이 있으면 주로 음악을 듣고 영화를 봅니다.
有空時主要是聽音樂看電影。

990 ☐ **특히** [트키]
副 特別
음식 중에서 특히 불고기를 좋아합니다.
很多菜當中，特別喜歡韓式烤肉。

991 ☐ **갑자기** [갑짜기]
副 突然
날씨가 좋았는데 갑자기 비가 옵니다.
天氣原來很好，後來突然就下雨了。

992 ☐ **거의** [거이]
副 幾乎
필요한 물건을 거의 샀습니다. 需要的東西幾乎都買了。

993 ☐ **곧**
副 就、立刻
영화가 곧 시작합니다. 電影就要開始了。

994 ☐ **그냥**
副 仍然
여행을 갈 때 그냥 이 가방을 가져갈 겁니다.
去旅行時仍然要帶這個包包。

995 ☐ **다**
副 全、都
모든 재료가 다 집에 있어서 사지 않아도 됩니다.
所有的材料都在家裡，因此也可不用買。

996 ☐ **더**
副 再、更、更加
음식이 맛있으니까 조금 더 주세요. 因為菜很好吃再給我一點。

997 ☐ **따로**
副 各自、另外
같은 색깔끼리 따로 모아 주세요. 照一樣顏色各自放一起。

998 ☐ **또**
副 又
저 사람은 가수입니다. 또 배우입니다. 那個人是歌手，又是演員。

999 ☐ **그러니까**
副 因為如此
별일 아닙니다. 그러니까 울지 마세요.
沒什麼特別的事。因此別哭了。

1000 ☐ **아까**
副 剛剛
아까 만난 친구는 중학교 때 반 친구입니다.
剛剛見面的朋友是中學同班同學。

🔍 小測驗

1. 이것은 친구 생일 선물입니다.
   (　　　　) 주세요.
   ① 활용해　　　　② 주문해
   ③ 인사해　　　　④ 포장해

2. 매일 아침 6시에 (　　　　) 일어납니다.
   ① 어서　　　　　② 혹시
   ③ 항상　　　　　④ 오래

3. 오늘 약속 장소를 (　　　　).
   ① 잊었습니다　　② 원했습니다
   ③ 잘랐습니다　　④ 모셨습니다

4. 다음 주가 시험이기 때문에 (　　　　)
   합니다.
   ① 많아져야　　　② 인사해야
   ③ 준비해야　　　④ 포장해야

5. 지금은 조금 바쁘니까 (　　　　) 전화해
   주세요.
   ① 이따가　　　　② 그냥
   ③ 갑자기　　　　④ 훨씬

6. 여기에 짐을 두면 불편합니다. 이 짐을
   (　　　　) 주세요.
   ① 원해　　　　　② 옮겨
   ③ 잘라　　　　　④ 모셔

7. 아침에는 날씨가 좋았지만 지금은
   (　　　　) 비가 옵니다.
   ① 갑자기　　　　② 특히
   ③ 이따가　　　　④ 훨씬

8. 지금처럼 (　　　　) 한국어를 열심히 공
   부하세요. 시험을 통과할 수 있습니다.
   ① 곧　　　　　　② 다
   ③ 쪽　　　　　　④ 쭉

答案請見（P.217）

考前30分鐘小叮嚀

☕ 專有名詞

景福宮	경복궁	大邱	대구
大學路	대학로	雪嶽山	설악산
慶州	경주	光州	광주
光化門	광화문	錦江	금강
南大門	남대문	明洞	명동
木槿花（韓國國花，又稱無窮花）	무궁화	釜山（地名）	부산
首爾市	서울시	世宗大王	세종대왕
梨泰院	이태원	仁寺洞	인사동
春川	춘천	漢江	한강
漢拿山	한라산		

＊曾經考過的地名和專有名詞。

Part 03

考上初級 2 級
關鍵單字 200

Day26〜Day30則為考生貼心整理最易失分的「相似詞」、「多義詞」、「複合名詞」、「複合動詞」、「被動詞」、「使役動詞」也就是初中級程度的單字。只要學會推敲整句或前後句子的內容、了解複合名詞的原理、動詞連接句型的基本型態及被動和使役動詞的特色，無論題目怎麼變化，都可以安心面對！

Day 26

☐ 1001. 비용	☐ 1015. 모습	☐ 1029. 쯤
☐ 1002. 개성	☐ 1016. 보호하다	☐ 1030. 만큼
☐ 1003. 결정하다	☐ 1017. 상점	☐ 1031. 한테
☐ 1004. 선택하다	☐ 1018. 자료	☐ 1032. 참여하다
☐ 1005. 고민	☐ 1019. 야채	☐ 1033. 미소
☐ 1006. 관계	☐ 1020. 세일	☐ 1034. 분위기
☐ 1007. 문장	☐ 1021. 버릇	☐ 1035. 지나다
☐ 1008. 기대하다	☐ 1022. 영화관	☐ 1036. 가장
☐ 1009. 일	☐ 1023. 이해하다	☐ 1037. 첫째
☐ 1010. 다치다	☐ 1024. 점점	☐ 1038. 문서
☐ 1011. 도로	☐ 1025. 편리하다	☐ 1039. 즐기다
☐ 1012. 때문	☐ 1026. 활동	☐ 1040. 적다
☐ 1013. 씩	☐ 1027. 힘	
☐ 1014. 다	☐ 1028. 평소	

MP3-26

相似詞

韓國很多單字來自漢字，因此常見漢字語和古有語兩種，讓考生不太清楚這兩
者差異在哪裡。並且有些韓文中的漢字語用法，與現在使用的意思並不相同。
其中，也不少單字看起來很像且容易搞混。以下整理出容易搞混的單字，幫助
考生更安心面對，並順利通過初級考試。＊漢字語的部分，以韓文單字（漢字）的方式表示。

需要加強的單字請打 ✓

1001 ☐	비용	（費用）名 費用
		이번 한국 여행 비용이 얼마나 들었습니까?
		這次韓國旅遊花了多少費用？
		＊출장 비용 [출짱 비용] 出差費用、결혼 비용 結婚費用，也可簡稱「-비, -費」。
	값 [갑]	名 價錢
		요즘 과일 값이 많이 올랐습니다. 最近水果價錢漲很多。
	가격	（價格）名 價格
		이 물건의 가격을 알려 주세요. 請告訴我這個東西的價格。
		＊가격 和 값 使用在比較明確物品的價格上，可以互相對換。
	요금	（料金）名 料金、價錢
		이번 여름에 전기 요금이 또 오를 거예요. 今年夏天電費又將要漲價。
		＊휴대 전화 요금 手機通話費、버스 요금 公車費、지하철 요금 地下鐵費，使用 於繳稅「-세」或交通費用等，也可以簡單改為「-비, -費」。
1002 ☐	개성	（個性）名 個性
		새 머리 스타일이 정말 개성 있어요. 新髮型很有個性。
		＊개성이 없다 沒有個性、개성이 독특하다 個性很獨特。
	성격 [성껵]	（性格）名 個性、性格
		이 아이는 성격이 조용합니다. 這個小孩的個性很安靜。
		＊성격이 좋다 性格很好、성격이 외향적이다 性格很外向。
1003 ☐	결정하다 [결쩡하다]	（決定）動 決定
		겨울부터 피아노를 배우기로 결정했습니다. 決定冬天開始學鋼琴。
	정하다	（定）動 決定、定下
		약속 시간과 장소를 정했습니다. 定下約定的時間及地點。
		＊小提醒：很多名詞接 -하다 變成動詞化，但 정하다 的정不能單獨使用。
1004 ☐	선택하다 [선태카다]	（選擇）動 選擇、選
		메뉴를 벌써 선택했어요? 已經選好要吃什麼了嗎？
	고르다	動 選
		저는 김치 찌개를 골랐어요. 我選了泡菜鍋。
		＊互相代換。

1005 ☐	**고민**	（苦悶）名 苦悶、煩事 요즘 무슨 고민이 있어요? 最近有什麼煩事嗎？
	걱정 [걱쩡]	名 擔心 걱정하지 마세요. 다 잘 될 거예요. 別擔心。一切順利。
1006 ☐	**관계**	（關係）名 關係 이 일은 정부와 관계가 있습니다. 這件事與政府有關係。
	관심	（關心）名 關心、興趣 남자 친구가 게임에 관심이 너무 많아요. 我男朋友對玩遊戲充滿興趣。
1007 ☐	**문장**	（文章）名 句子 이 문장은 역사책에서 나옵니다. 這個句子出現在歷史書中。
	글	名 文章 이 단어를 보고 글을 써 보세요. 看這個單字請寫一篇文章。
1008 ☐	**기대하다**	（期待）動 期待、希望 답장을 기대하겠습니다. 期待（你的）回信。
	바라다	動 希望、期望 사람이 많은 곳에서 조심하기 바랍니다. 人很多的地方請（希望你）小心。
1009 ☐	**일**	（日）名 日、天 매일 한국어를 공부합니다. 每天念韓文。 ＊매일 每天、생일 生日、며칠 幾天
	날	名 日（＝날짜） 오늘이 어린이 날입니다. 今天是兒童節。 ＊한글날 韓文節、어린이 날 兒童節、국군의 날 國軍節
1010 ☐	**다치다**	動 受傷 운동할 때 손을 다쳤습니다. 運動時手受傷。
	아프다	形 痛、不舒服 다친 손이 너무 아픕니다. 受傷的手太痛。
1011 ☐	**도로**	（道路）名 道路 도로에 차가 많습니다. 道路上有很多車。
	길	名 路 길에 차가 많습니다. 路上有很多車。 길에서 떡볶이를 팝니다. 在路上吃辣炒年糕。
	거리	名 街頭、大街 거리에서 이것 저것 구경합니다. 在街上走走邊看東西。

1012
☐ **때문**

名 原因、理由

오늘 지각은 늦잠 때문입니다. 晚起是今天遲到的原因。

때

名 時間

점심 때 전화가 왔습니다. 中午時打電話過來。

1013
☐ **씩**

接 每……、各

사과하고 배 하나씩 주세요. 請給我蘋果及梨子各一個。

＊無法對人使用。

마다

接 每……

연휴마다 여행을 갑니다. 每次連休都會去旅遊。

1014
☐ **다**

副 全、都

학생들이 다 모였습니다. 學生們都聚一起了。

＊以下都可以互相對換，或可以連接成「모두 다」、「전부 다」。

모두

副 都、全部

오늘은 사과 두 개를 모두 먹었습니다. 今天兩個蘋果都吃了。

전부

（全部）名 副 全、全部

우리 반 친구들은 전부 여자입니다. 我們班同學全部是女生。

1015
☐ **모습**

名 面容、面貌

친구의 옆 모습이 정말 예쁩니다. 朋友側面的面容真漂亮。

모양

（模樣）名 樣子、模樣

이 그릇의 모양이 재미있습니다. 這個碗的樣子很有趣。

1016
☐ **보호하다**

（保護）動 保護

자연 환경을 보호합시다. 一起保護自然環境吧。

지키다

動 遵守；保護；維持

교통질서를 잘 지킵니다. 遵守交通秩序。

1017
☐ **상점**

名 商店

이사한 집 근처에 상점이 많이 있습니다. 新家附近有很多商店。

＊互相代換。

가게

名 商店

가게에서 필요한 물건을 샀습니다. 在商店買需要的東西。

1018 ☐	자료	（資料）名 資料 여기에는 회사의 중요한 자료가 많이 있습니다. 這裡有很多公司很重要的資料。
	재료	（材料）名 材料 저녁 식사 재료를 사려고 시장에 갑니다. 去市場買晚餐材料。
1019 ☐	야채	（野菜）名 野菜 아이들은 야채를 좋아하지 않습니다. 小孩們不喜歡吃野菜。 ＊ 互相代換。
	채소	（菜蔬）名 蔬菜 채소를 많이 먹으면 건강합니다. 多吃蔬菜很健康。
1020 ☐	세일	名 大減價、促銷 어제부터 백화점에서 세일을 시작했습니다. 從昨天開始百貨公司大減價。
	할인 [하린]	名 折扣 이거 조금만 할인해 주세요. 請給我一點折扣。
1021 ☐	버릇	名 習慣、毛病 자꾸 휴대 전화를 보는 버릇이 있습니다. 我有常看手機的習慣。
	습관 [습꽌]	（習慣）名 習慣 일찍 자고 일찍 일어나는 습관을 길러야 합니다. 要養成早睡早起的習慣。
1022 ☐	영화관	（映畫館）名 電影院 영화관 앞에서 친구를 만납니다. 電影院前見朋友。
	극장 [극짱]	（劇場）名 劇場；電影院 극장 안은 어둡습니다. 劇場裡面很暗。
1023 ☐	이해하다	（理解）動 理解、聽懂 방금 들은 내용을 이해했습니다. 我理解了剛剛聽到的內容。
	알다	動 知道、了解；認識 내일 할 일을 알고 있습니다. 我知道明天要做的事。 우리 학교 영어 선생님을 알아요? （你）認識我們學校的英文老師嗎？

1024 □ **점점**

（漸漸）圖 漸漸

드라마가 점점 재미있어집니다. 連續劇漸漸變有趣。

계속

（繼續）圖 老是、連續

점심을 먹은 후부터 지금까지 계속 텔레비전을 보고 있습니다.
吃過午餐之後到現在繼續看電視。

1025 □ **편리하다**
[펼리하다]

（便利）圈 方便

서울은 교통이 편리합니다. 首爾交通很方便。

편하다

圈 舒服

이 침대는 잘 때 정말 편합니다. 這張床睡起來很舒服。

1026 □ **활동** [활똥]

（活動）图 活動

주말에 봉사 활동에 참가합니다. 週末參加服務活動。

행사

（行事）图 活動

이번 주말에는 회사에서 행사가 있습니다. 本週週末在公司有活動。

＊활동, 행사 翻成中文都是活動，행사 比起 활동 的規模更大且更正式。

1027 □ **힘**

图 力、力量

매일 운동을 하면 힘이 좋아집니다. 每天做運動，力量會變好。

힘들다

圈 吃力

한국에서 중국어를 배우기는 정말 힘듭니다. 在韓國學中文很吃力。

1028 □ **평소**

（平常）图 平常

평소에 한국 음악을 듣습니다. 平常聽韓國音樂。

평일

（平日）图 平日

평일에 회사에 다니고 주말에 학교에 갑니다.
平日在公司上班，週末去學校（學習）。

1029 □ **쯤**

揭 左右、大概

오후 세 시쯤 전화해 주세요. 請下午三點左右打電話。

약

（約）图 約

서울부터 부산까지 약 5시간 걸립니다. 從首爾到釜山大約需要5小時。

1030 □ **만큼**

图 程度

수미 씨는 선수만큼 열심히 운동합니다.
秀美小姐有如選手般（程度）努力做運動。（具體的比較）

정도

（程度）图 程度

소금을 반 컵 정도 넣어 주세요.
請你放半杯左右（程度）的鹽巴。（量的比較）

1031 ☐	**한테**	援 向、給
		이 문제는 선생님한테 물어보세요. 這個問題請向老師提問。
		＊與 에게 互相代換。
	한테서	助 從～
		누구한테서 받은 선물이에요? （這是）從誰那拿到的禮物？
		＊與 에게서 互相代換。
1032 ☐	**참여하다** [차며하다]	（參與）動 參與
		회사에서 오전에 회의에 참여하였습니다.
		上午在公司參與了會議。（開會主持或發表，或座席）
	참가하다	（參加）動 參加
		올해 테니스 대회에 참가하려고 합니다.
		今年打算參加網球比賽。（參賽的意思）
1033 ☐	**미소**	（微笑）名 微笑
		나를 보고 친구가 미소를 지었습니다. 看到我之後朋友（向我）微笑。
	웃음 [우슴]	名 笑
		그 이야기를 듣고 웃음이 크게 났습니다. 聽到那個故事後笑得很大聲。
1034 ☐	**분위기** [부뉘기]	（氛圍氣）名 氣氛
		우리 한국어 반은 분위기가 정말 좋아요. 我的韓文班氣氛真的很好。
	기분	（氣分）名 心情、情緒
		오늘은 아침부터 기분이 좋습니다. 今天早上開始心情就很好。
1035 ☐	**지나다**	動 過去、經過
		벌써 퇴근 시간이 지났습니다. 已經過了下班時間。（時間或地方）
	지내다	動 過日子
		그 동안 잘 지냈어요? 這段時間過得好嗎？（過日子、過生活）
1036 ☐	**가장**	副 最、第一
		이 빌딩이 서울에서 가장 높습니다. 這棟大樓是首爾最高。
	제일	（第一）副 最
		사과가 요즘 과일 중에서 제일 맛있습니다. 最近水果中蘋果最好吃。
	최고	（最高）名 最高、最
		이번 시험에서 최고 점수를 받았습니다. 這次考試拿到最高分。
		저는 이 드라마를 최고로 좋아합니다. 我最喜歡這部連續劇。

1037

☐ **첫째**

數 第一、頭號

월요일 첫째 시간은 음악시간입니다.
星期一第一節課是音樂課。（時間或理由的順序）

처음

名 第一次、初次

이번 봄에 처음 한국에 갑니다. 今年春天第一次去韓國。（事件的順序）

1038

☐ **문서**

（文書）名 文件、公文

시청에 보낼 문서를 만들어 주세요.
請幫忙寫送到市政府的文件（公文）。

서류

（書類）名 文件

입학 시험 서류를 빨리 내 주세요. 請快點交入學考試文件。

1039

☐ **즐기다**

動 玩樂、享樂

이번 휴가에 제주도에 가서 물놀이를 즐겼습니다.
這次休假去濟州島享樂玩水。

즐겁다

形 愉快

오랜만에 동창들을 만나니까 마음이 즐겁습니다.
見到好久不見的同窗，所以心情很愉快。

1040

☐ **적다** [적따]

動 記、寫

이 신청서를 적어 주세요. 請填寫這張申請書。

쓰다

動 寫

검은색 볼펜으로 써 주세요. 請用黑色原子筆寫。

圈選

1. 한국어를 배울 때 (첫째 / 처음) 아들하고 같이 갑니다.

2. (즐기는 / 즐거운) 여행 되시기 바랍니다.

3. 최근 많은 도시 사람들이 시골에서 (지냅니다 / 지납니다).

4. 기차가 아주 빠르게 (지내갑니다 / 지나갑니다).

5. 시험 공부를 할 때 (평소 / 평일)에 준비하면 좋습니다.

6. 아침부터 저녁까지 (점점 / 계속) 커피를 마셨습니다.

7. 여기 있는 사람들에게 500원(마다 / 씩) 주세요.

8. 저 두 사람은 (관계 / 관심)이 좋습니다.

9. 오늘 우리 학교에 처음 오신 선생님 (이해해요 / 알아요)?

10. 머리부터 발까지 정말 (개성 / 성격)이 있습니다.

答案請見（P.217）

Day 27

☐ 1041. 일	☐ 1055. 내다	☐ 1069. 타다
☐ 1042. 쉬다	☐ 1056. 나다	☐ 1070. 치다
☐ 1043. 쓰다	☐ 1057. 두다	☐ 1071. 차다
☐ 1044. 쉽다	☐ 1058. 눈	☐ 1072. 차
☐ 1045. 신선하다	☐ 1059. 배	☐ 1073. 찌다
☐ 1046. 적다	☐ 1060. 기타	☐ 1074. 잡다
☐ 1047. 싸다	☐ 1061. 밤	☐ 1075. 시장
☐ 1048. 안	☐ 1062. 사고	☐ 1076. 말
☐ 1049. 짓다	☐ 1063. 반	☐ 1077. 부르다
☐ 1050. 들다	☐ 1064. 걸다	☐ 1078. 세
☐ 1051. 켜다	☐ 1065. 세다	☐ 1079. 이르다
☐ 1052. 기르다	☐ 1066. 새	☐ 1080. 피우다
☐ 1053. 걷다	☐ 1067. 약	
☐ 1054. 거리	☐ 1068. 아니다	

MP3-27

多義詞

一個單字有多個意思時，要用整句或前後句子的內容來判斷正確的意思。這裡整理的單字為初級考試範圍內的單字，因此如果是準備中高級的考生，則要留意其他不同的意思。

需要加強的單字請打 ✓

1041 ☐	**일**	名 工作、事情；一；日
		오늘은 무슨 일이 있습니까? 今天有什麼事嗎？
		선생님과 일분 동안 한국어로 통화했습니다. 與老師用韓文講一分鐘電話。
		29일에 미국으로 돌아갑니다. 29日回到美國。
1042 ☐	**쉬다**	動 休息；呼吸；形 壞掉
		오늘은 피곤하니까 집에서 쉬세요. 今天很累，所以請在家休息。
		스트레스가 많으면 숨을 깊게 쉽니다. 壓力很大的時候，深呼吸。
		지난주에 산 고기가 이미 쉬었어요. 上星期買的肉，已經壞掉。
1043 ☐	**쓰다**	動 寫；使用；戴（帽子、眼鏡）；形 苦；撐（雨傘）
		어제 저녁에 부모님께 메일을 썼습니다. 昨天晚上寫E-mail給父母親。
		저는 공원에 갈 때 항상 모자를 씁니다. 我去公園時總是會戴帽子。
		병원에서 가져온 감기 약은 매우 씁니다. 從醫院拿來的感冒藥很苦。
		형은 컴퓨터를 쓰고 있습니다. 哥哥在使用電腦。
1044 ☐	**쉽다**	形 簡單、容易
		한국어 발음은 어렵지만 단어는 쉽습니다. 韓語發音雖然很難，但單字簡單。
		같이 공부하지 않으면 그만두기 쉽습니다. 如果不一起念書的話，容易放棄（念書）。
1045 ☐	**신선하다**	形 新鮮、新潮
		시장에서 파는 야채는 신선합니다. 在市場買的蔬菜很新鮮。
		이 소설책의 내용이 아주 신선합니다. 這本小說內容很新潮。
1046 ☐	**적다** [적따]	動 記、寫；少
		그 글자를 칠판에 적어 주세요. 請在黑板上寫那個字（給我看）。
		오늘 회의에 온 사람들은 수가 적습니다. 今天來開會的人，人數很少。
1047 ☐	**싸다**	形 便宜；動 包
		물건 가격이 싸면 가끔 품질이 좋지 않습니다. 價錢便宜的東西，有時候品質不好。
		내일 여행 가는 짐을 다 쌌어요? 已經包（收拾）好明天去旅遊的行李嗎？

1048 안 □

副 不；名 內

아침에 너무 급해서 화장을 안 했습니다. 早上太趕，不化妝了。
한국의 겨울은 아주 춥지만 방 안은 따뜻합니다.
韓國的冬天雖然非常冷，但房間內很溫暖。

1049 짓다 [짇따] □

動 作、取；煮（飯）；蓋

한국어로 예쁜 이름을 지어 주세요. 請用韓文取個漂亮的名字。
저녁 식사는 집에서 밥을 지어 먹을까요? 晚餐要不要在家裡煮飯吃？
집 앞 공원에 빌딩을 지을 거예요. 住家前面的公園會蓋大樓。

1050 들다 □

動 提；花費；（喜歡）上、看中

계단 위에까지 같이 짐을 들어 주세요. 請到樓梯上跟我一起提行李。
학교와 집이 멀어서 교통비가 많이 들어요.
學校和家很遠，所以花很多交通費。
남자 친구가 준 생일 선물이 마음에 들어요.
我喜歡男朋友給我的生日禮物。

1051 켜다 □

動 開；拉（樂器）

지금 런닝맨 할 시간이니까 텔레비전을 켜 주세요.
現在是播放Running Man的時間，請開電視。
내 여동생은 바이올린을 잘 켭니다. 我妹妹很會拉小提琴。

1052 기르다 □

動 養、養成；培育

요즘 강아지를 기르는 집이 많아졌습니다. 最近養狗的家庭變多了。
좋은 습관을 기르도록 훈련해야 합니다. 為了培養好習慣，得多訓練。

1053 걷다 [걷따] □

動 走；收

걷기는 가장 편리하고 몸에 좋은 운동입니다.
走路是最方便，對身體有益的運動。
밖에 비가 오니까 빨래를 걷어 주세요. 外面下雨了，請收衣服。

1054 거리 □

名 距離；街頭

학교부터 집까지의 거리가 아주 멉니다. 從學校到家的距離很遠。
휴일이기 때문에 거리에 사람들이 많습니다.
因為（今天是）假日，街上人很多。

1055 내다 □

動 出、發；繳

매일 매일 지각해서 사장님이 화를 냈습니다.
每天都遲到所以社長發脾氣了。
오늘 미술대회 신청서를 냈습니다. 今天交美術比賽申請書。
＊소리 내다 出聲音、전기세를 내다 繳電費、시험지를 내다 交考卷、휴가를 내다
交（申請）請假。

1056 나다

動 出來；發；產生

운동을 열심히 해서 땀이 납니다. 很認真運動所以流汗。

어제부터 콧물이 나고 열이 납니다. 從昨天開始流鼻涕發燒。

출근 길에 차가 고장이 나서 늦었습니다.

上班路上車子發生故障所以遲到。

＊고장이 나다 壞掉、열이 나다 發燒、기억 나다 想起來、땀이 나다 流汗、사고가 나다 出車禍、지진이 나다 發生地震。

1057 두다

動 放；留

제 휴대 전화를 책을 책상에 두었습니다. 我的手機放在桌上。

배가 고프면 식탁 위에 둔 빵을 드세요.

如果餓了，請吃餐桌上留下來的麵包。

1058 눈

名 雪；眼睛

오늘은 이번 겨울 처음으로 눈이 내렸습니다.

今天下了這個冬天的第一場雪。

친구는 눈이 가장 예쁩니다. 朋友的眼睛最美。

1059 배

名 梨子；船；肚子；倍

감기에 걸렸을 때 배를 먹어 보세요. 感冒的時候請可以吃梨子看看。

부산에서 후쿠오카까지 배로 갈 수 있습니다. 從釜山到富岡可以搭船去。

여름에 음식을 잘 먹지 않으면 배가 아픕니다.

夏天沒有吃好東西會肚子痛。

오늘은 어제보다 두 배 많이 물건을 팔았습니다.

今天比昨天賣東西多賣了兩倍。

1060 기타

名 吉他；其他

기타를 배우려면 바로 학원에 등록하세요.

打算要學吉他就報名（登錄）補習班。

이외의 기타 내용은 인터넷 홈페이지를 보세요.

除此之外，其他內容請看網站。

1061 밤

名 夜；栗子

여기는 밤에 야시장에 갈 수 있습니다. 這裡夜間可以去夜市。

삼계탕에 밤을 넣고 끓입니다. 煮參雞湯放栗子。

1062 사고

名 思考；事故、車禍

좋은 사고는 좋은 결과를 만듭니다. 好的思考帶來好的結果。

교통사고는 정말 위험합니다. 車禍真是危險。

1063 반

名 班；半

우리 반에 외국인이 여러 명 있습니다. 我們班上有很多外國人。

전체 30명 중에서 반이 외국인입니다. 總共30個人中一半是外國人。

1064 ☐	**걸다**	動 掛;打(電話)
		방 옷장에 옷을 걸어 주세요. 請幫我把衣服掛在房間的衣櫃。
		저녁 식사 시간에는 전화를 걸지 마세요. 晚餐時間別打電話。

1065 ☐	**세다**	形 強;動 算、算數
		겨울 바다는 바람이 아주 셉니다. 冬天海邊的風非常強。
		아이가 100까지 수를 셀 수 있습니다. 小孩可以數數算到100。

1066 ☐	**새**	冠 新;名 鳥
		아버지가 새 차를 샀습니다. 父親買了新車。
		공원에 가면 특별한 새를 많이 볼 수 있습니다.
		到公園可以看到很多特別的鳥。

1067 ☐	**약**	副 大約;名 藥
		집에서 학교까지 약 20분쯤 걸립니다. 從家裡到學校大約需要20分鐘。
		배가 아파서 약을 먹었습니다. 因為肚子痛吃了藥。

1068 ☐	**아니다**	形 不(回答);不是
		어제 일했어요? 아니요, 휴가였어요. 昨天有上班嗎?不,是休假。
		저는 한국 사람이 아니에요. 我不是韓國人。

1069 ☐	**타다**	動 搭乘;領;燒焦
		매일 아침 버스를 타고 회사에 갑니다. 每天早上搭公車上班。
		매달 1일에 월급을 탑니다. 每個月1日領薪水。
		물을 적게 넣어서 밥이 탔습니다. 因為水放太少,飯燒焦了。

1070 ☐	**치다**	動 打;彈;拍手
		저녁에도 테니스를 치는 사람이 많습니다. 晚上很多人打網球。
		점심을 먹은 후에 피아노를 칩니다. 吃午餐後彈鋼琴。
		모든 공연이 끝나고 나서 박수를 치세요. 公演完全結束後請拍手。

1071 ☐	**차다**	動 踢;戴(手錶);裝滿;形 冰
		주말에 운동장에 가서 축구공을 찹니다. 週末到運動場踢足球。
		매일 시계를 차고 회사에 갑니다. 每天戴手錶去公司。
		컵에 물이 찼습니다. 杯子裡裝滿了水。
		여름에는 날씨가 더우니까 찬 음료수를 마십니다.
		因為夏天天氣熱,所以喝冰水。

1072 ☐	**차**	名 車;茶
		출퇴근 시간에 차를 운전하면서 음악을 듣습니다.
		上下班時間一邊開車一邊聽音樂。
		피곤할 때 차를 마시는 습관이 있습니다. 我很累時有喝茶的習慣。

1073 찌다 ☐

動 蒸；發胖

중국 음식 중에서 찐 만두를 너무 좋아합니다. 很喜歡中式料理中很蒸餃。

음식을 많이 먹어서 살이 쪘습니다. 因為吃很多菜所以胖了。

1074 잡다 ☐

動 牽手；抓

친구와 손을 잡고 학교에 갑니다. 和朋友牽手去學校。

지하철을 타면 손잡이를 꼭 잡아야 합니다. 搭地鐵時，一定要抓好把手。

1075 시장 ☐

名 市場；市長

주말 아침에 시장에 가서 재료를 삽니다. 週末早上去市場買材料。

여자 후보가 시장이 되었습니다. 女候選人成為市長。

1076 말 ☐

名 話；名 馬；接 末、底

저는 미국에서 태어났지만 한국말을 잘합니다.
我雖然在美國出生，但很會說韓國話。

말을 보러 동물원에 갑니다. 為了看馬去動物園。

연말이 되면 친구들과 약속을 합니다. 年底的時候和朋友約（見面）。

1077 부르다 ☐

動 唱（歌）；吃飽；叫、點名

노래방에서 노래 부르는 것을 좋아합니다. 喜歡在KTV唱歌。

어머니가 해 주신 음식은 항상 배가 부릅니다.
母親為我煮的菜，總是會吃得很飽。

선생님께서 학생 이름을 부릅니다. 老師點學生的名字。

1078 세 ☐

數 三；量 歲

우리 아이는 올해 세 살이 되었습니다. 我的小孩今年三歲了。

몇 세부터 피아노를 배울 수 있습니까? 從幾歲開始可以學鋼琴？

1079 이르다 ☐

動 早；告訴

이른 아침부터 공원에 사람이 많습니다.
從大清早起，公園就有很多人。

어머니는 제가 학교에 갈 때 차를 조심하라고 이르십니다.
我去學校時，母親告訴我小心車。

1080 피우다 ☐

動 抽（菸）；開（火、燃）

공공장소에서 담배를 피우면 안됩니다. 在公共場所不可以抽菸。

공원에서는 불을 피울 수 없습니다. 在公園不能點火。

★ 밑줄친 부분과 의미가 가장 비슷한 것을 고르세요.
　請選出與畫底線處意思最接近的選項。

1. 오늘은 날씨가 정말 차갑습니다.

　① 친구가 찬 시계가 정말 예쁩니다.

　② 저는 차가운 커피를 주세요.

　③ 지금 공을 차는 사람이 누구예요?

2. 춥고 기침이 나서 약을 먹었습니다.

　① 저 앞에 자동차가 고장이 나서 길이 많이 막힙니다.

　② 그 감기약 이름이 기억이 나서 약을 샀습니다.

　③ 회사에서 열이 나서 일찍 퇴근했습니다.

3. 서울은 복잡하고 생활비도 많이 듭니다.

　① 매일 에어컨을 켜면 전기세가 많이 들어요.

　② 다리가 아픕니다. 가방을 들어 주세요.

　③ 이 옷이 마음에 들어서 샀습니다.

4. 일주일 전에 휴가 신청서를 내 주세요.

　① 정답을 아는 분은 큰 소리를 내 주세요.

　② 시험 시간이 끝났습니다. 시험지를 내 주세요.

　③ 우리 엄마가 화를 내면 무섭습니다.

5. 여기에 미술관을 지을 거예요.

① 저녁에 집에서 밥을 지을 거예요.

② 집 근처에 백화점을 짓고 있어요.

③ 아기의 이름은 할아버지가 짓습니다.

答案請見（P.218）

Day 28

- [ ] 1081. -권
- [ ] 1082. -원
- [ ] 1083. 얼마-
- [ ] 1084. -사
- [ ] 1085. 이
- [ ] 1086. -관
- [ ] 1087. -장
- [ ] 1088. -원
- [ ] 1089. 새-
- [ ] 1090. -소
- [ ] 1091. -실
- [ ] 1092. -집
- [ ] 1093. -회
- [ ] 1094. -잔치

- [ ] 1095. -식
- [ ] 1096. -료
- [ ] 1097. -기
- [ ] 1098. -교실
- [ ] 1099. -어
- [ ] 1100. -제
- [ ] 1101. -님
- [ ] 1102. -장
- [ ] 1103. -생
- [ ] 1104. -역
- [ ] 1105. -표
- [ ] 1106. -분
- [ ] 1107. 시청자 게시판
- [ ] 1108. 먹을거리

- [ ] 1109. 가족사진
- [ ] 1110. 남자 친구
- [ ] 1111. 생년월일
- [ ] 1112. 집안일
- [ ] 1113. 낮잠
- [ ] 1114. 연락처
- [ ] 1115. 축구공
- [ ] 1116. 여름휴가
- [ ] 1117. 오랫동안
- [ ] 1118. 빗소리
- [ ] 1119. 목소리
- [ ] 1120. 온몸

MP3-28

複合名詞

整理出曾考過的單字，會發現有些單字是有同樣的規則，這種規則滿多來自漢字。這裡先了解接頭詞和接尾詞的原理，單字就會變得很好背，再也不用害怕沒看過的新單字。

需要加強的單字請打 ✓

1081 ☐	**-권**	（-券）：**도서 상품권** [도서 상품꿘] 圖書商品券、**입장권** [입짱꿘] 入場券、門票、**교환권** [교환꿘] 交換券
1082 ☐	**-원**	（-員）：**회사원** 上班族、**은행원** 銀行員、**공무원** 公務人員、**직원** [지권] 職員
1083 ☐	**얼마-**	（多少-、不久-）：**얼마 전** 不久前、**얼마 후** 不久後、**얼마에요** 多少錢、**얼마나** 多麼
1084 ☐	**-사**	（-師）：**요리사** 廚師、**운전사** 司機、**변호사** 律師、**의사** 醫師、**간호사** 護士、**미용사** 美容師
1085 ☐	**이-**	（這-）：**이쪽** 這邊、**이분** 這位、**이곳** 這裡、**이것** 這個（=이거）、**이때** 這時
1086 ☐	**-관**	（-館）：**체육관** [체육꽌] 體育館、**영화관** 電影院、**학생회관** [학쌩회관] 學生會館、**도서관** 圖書館
1087 ☐	**-장**	（-場）：**스케이트장** 溜冰場、**스키장** 滑雪場、**야구장** 棒球場、**예식장** [예식짱] 婚禮禮堂、喜宴、**축구장** [축꾸장] 足球場、**테니스장** 網球場、**수영장** 游泳池、**운동장** 運動場
1088 ☐	**-원**	（-園）：**학원** [하권] 補習班、**유치원** 幼稚園、**동물원** 動物園
1089 ☐	**새-**	（新-）：**새집** 新家、**새해** 新年、**새 학년** [새 항년] 新學年、**새 옷** [새 옫] 新衣服
1090 ☐	**-소**	（-所）：**세탁소** [세탁쏘] 洗衣店、**안내소** 服務站、諮詢處、**장소** 場所、**사무소** 事務所、辦事處、**매표소** 售票處
1091 ☐	**-실**	（-室）：**교실** 教室、**전시실** 展示廳、**세탁실** [세탁씰] 洗衣間、**연습실** [연습씰] 練習室
1092 ☐	**-집**	（-店）：**빵집** [빵찝] 麵包店、**중국집** [중국찝] 中餐店、**한식집** [한식찝] 韓式餐廳、**양식집** [양식찝] 西餐廳、**일식집** [일씩찝] 日式餐廳、**술집** [술찝] 酒吧、酒館、**피자집** [피자찝] pizza店、**햄버거집** [햄버거찝] 漢堡店、**돈가스집** 豬排店 *家其他的意思：하숙집 寄宿、옆집 鄰居、隔壁家

1093 □	**-회**	（-會）：대회 大會、比賽、운동회 運動會、음악회 [으마쾌] 音樂會、 　　　　학생회 [학쌩회] 學生會
1094 □	**-잔치**	（-派對）：생일 잔치 生日派對、돌 잔치 周歲派對、환갑 잔치 花甲壽宴 ＊例外：대잔치 大活動
1095 □	**-식**	（-典禮）：입학식 [이팍씩] 入學典禮、졸업식 [조럽씩] 畢業典禮、 　　　　결혼식 婚禮
1096 □	**-료**	（-費）：입장료 [입짱뇨] 入場費、사용료 [사용뇨] 使用費、 　　　　대여료 出借費 ＊另外：집세 [집쎄] 租金
1097 □	**-기**	（-機）：전화기 電話機、청소기 吸塵機、세탁기 [세탁끼] 洗衣機
1098 □	**-교실**	（-教室、-課）：노래 교실 音樂教室、한글 교실 韓文教室、 　　　　요리 교실 料理教室
1099 □	**-어**	（-語言）：한국어 韓語、단어 [다너] 單字、국어 [구거] 國語、 　　　　영어 英語、외국어 [외구거] 外語（＊以上可用 말 互相對換）、 　　　　거짓말 [거진말] 謊話（不能與 어 對換）
1100 □	**-제**	（-節）：영화제 電影節、축제 [축쩨] 節慶活動
1101 □	**-님**	（-尊稱語）：선생님 老師、손님 客人、부모님 父母
1102 □	**-장**	（-函）：초대장 [초대짱] 邀請函、청첩장 [청첩짱] 請帖、喜帖
1103 □	**-생**	（-學生）：초등학생 [초등학쌩] 國小學生、중학생 [중학쌩] 國中學生、 　　　　고등학생 [고등학쌩] 高中學生、대학생 [대학쌩] 大學生
1104 □	**-역**	（-站）：기차역 火車站、지하철역 [지하철력] 地下鐵站 ＊例外：버스 정류장 公車站
1105 □	**-표**	（-票）：기차표 火車票、버스표 公車票、콘서트표 演唱會票、 　　　　우표 郵票、영화표 電影票 ＊例外：시간표 時刻表
1106 □	**-분**	（-位）：이분 這位、그분 那位（說話的對方）、저분 那位（說話者以外第 　　　　三者）、아는 분 認識的人、어느 분 哪位 ＊另外：餐廳常使用 인분 人份

1107 ☐	시청자 게시판	（視聽者告示板）名 視聽者留言區
		듣고 싶은 곡 이름을 시청자 게시판에 남겨 주세요.
		想聽的歌名請留言在視聽者留言區中。

| 1108 ☐ | 먹을거리 [머글꺼리] | （먹다 吃＋거리 類）名 吃的、食物類 |
| | | 요즘 안전한 먹을거리 찾기가 어렵습니다. 最近安全的食物很難找。 |

| 1109 ☐ | 가족사진 [가족싸진] | （家族寫真）名 全家福相片 |
| | | 매년 가족사진을 찍습니다. 每年拍全家福相片。 |

| 1110 ☐ | 남자 친구 | （男子朋友）名 男朋友 |
| | | 내 남자 친구는 잘 생기고 멋있습니다. 我男朋友長得英俊又帥氣。 |

| 1111 ☐ | 생년월일 | （生年月日）名 出生年月日 |
| | | 신청서에 생년월일을 적어 주세요. 請在申請書上寫出生年月日。 |

| 1112 ☐ | 집안일 [지반닐] | （家內的事）名 家事 |
| | | 요즘 집안일을 안 하는 남자는 없습니다. 最近沒有不做家事的男生。 |

1113 ☐	낮잠 [낟짬]	（낮 午＋잠 睡）名 午睡
		오후에 더 열심히 일하려면 낮잠을 주무세요.
		下午想更努力工作的話，請午睡。

1114 ☐	연락처 [열락처]	（聯絡處）名 聯絡號碼
		연락처를 적지 않으면 연락하기 어렵습니다.
		如果沒有寫聯絡號碼很難聯絡。

| 1115 ☐ | 축구공 [축꾸공] | （足球）名 足球 |
| | | 축구공과 운동화가 가방 안에 있습니다. 包包裡有足球和運動鞋。 |

1116 ☐	여름휴가	（夏休假）名 暑假
		다음 주 수요일까지 여름휴가 계획을 내세요.
		到下星期三請交暑假計畫。

| 1117 ☐ | 오랫동안 [오랟똥안] | （오래 很久＋동안 期間）名 很久、長久以來 |
| | | 버스를 타고 오랫동안 서 있었습니다. 搭公車站了很久。 |

| 1118 ☐ | 빗소리 [빋쏘리] | （비 雨＋소리 聲音）名 雨聲 |
| | | 빗소리를 들으면서 커피를 마십니다. 聽著雨聲喝咖啡。 |

| 1119 ☐ | 목소리 [목쏘리] | （목 喉嚨＋소리 聲音）名 （人家的）聲音 |
| | | 감기에 걸려서 목소리가 이상합니다. 因為感冒，講話聲音怪怪的。 |

| 1120 ☐ | 온몸 | （온 全＋몸 身體）名 全身 |
| | | 사우나를 하면 온몸이 시원합니다. 洗三溫暖全身很涼爽。 |

★ 서로 다른 의미의 단어를 고르시오. 請選出不同意思的單字。

1. ① 기차역　　　② 지하철역　　　③ 버스역

2. ① 거짓말　　　② 해외말　　　　③ 한국말

3. ① 대학생　　　② 중학생　　　　③ 소학생

4. ① 하숙집　　　② 술집　　　　　③ 일본집

5. ① 빨래실　　　② 세탁실　　　　③ 연습실

6. ① 매표소　　　② 안내소　　　　③ 미용소

7. ① 유치원　　　② 회사원　　　　③ 동물원

8. ① 도서관　　　② 영화관　　　　③ 수영관

9. ① 운전사　　　② 운동사　　　　③ 요리사

10. ① 일 인분　　② 아는 분　　　　③ 어느 분

答案請見（P.218）

Day 29

☐ 1121. 나오다

☐ 1122. 나타나다

☐ 1123. 생각나다

☐ 1124. 일어나다

☐ 1125. 일어서다

☐ 1126. 화나다

☐ 1127. 열나다

☐ 1128. 꺼내다

☐ 1129. 소리내다

☐ 1130. 그만두다

☐ 1131. 가지고 가다

☐ 1132. 걸어가다

☐ 1133. 데려가다

☐ 1134. 돌아가다

☐ 1135. 두고 가다

☐ 1136. 내려가다

☐ 1137. 빌려가다

☐ 1138. 올라가다

☐ 1139. 지나가다

☐ 1140. 찾아가다

☐ 1141. 갔다 오다

☐ 1142. 가져오다

☐ 1143. 걸어오다

☐ 1144. 내려오다

☐ 1145. 놓고 오다

☐ 1146. 들어오다

☐ 1147. 돌아오다

☐ 1148. 잠오다

☐ 1149. 찾아오다

☐ 1150. 올라오다

☐ 1151. 도와주다

☐ 1152. 따라다니다

☐ 1153. 돌려 주다

☐ 1154. 입어 보다

☐ 1155. 물어 보다

☐ 1156. 바라 보다

☐ 1157. 알아 보다

☐ 1158. 찾아 보다

☐ 1159. 잠들다

☐ 1160. 마음에 들다

● MP3-29

複合動詞

兩個動詞連接的句型大多數都有「動詞아/어 오다/가다/다니다」及「動詞고＋動詞」的用法。除了少數有不規則變化外，皆可從兩個動詞的原型推測意思。

需要加強的單字請打 ✓

▶ 나다 出

| 1121 ☐ | 나오다 | 動 出來 |
| | | 식당에 자리가 없어서 그냥 나왔습니다. 餐廳沒有位子，只好出來。 |

| 1122 ☐ | 나타나다 | 動 出現、顯露 |
| | | 이 산에서 뱀이 자주 나타납니다. 這山上常出現蛇。 |

| 1123 ☐ | 생각나다 [생강나다] | （생각 想法＋나다 出來）動 想起 |
| | | 길에서 만난 친구의 이름이 생각났습니다. 想起路上遇到朋友的名字。 |

| 1124 ☐ | 일어나다 | （일다 升起＋나다 出來）動 起來、起床 |
| | | 오늘은 어제보다 아침에 일찍 일어났습니다. 今天比昨天早上早起床。 |

1125 ☐	일어서다	（일다 升起＋서다 站立）動 站起來
		시험에 통과한 사람은 자리에서 일어서세요.
		通過考試的人請在自己的位子上站起來。

| 1126 ☐ | 화나다 | （화 火＋나다 出來）動 生氣 |
| | | 친구들이 안 도와주니까 화났습니다. 朋友們都不幫忙很令人生氣。 |

| 1127 ☐ | 열나다 [열라다] | （열 熱＋나다 出來）動 發燒 |
| | | 어제부터 열나고 콧물도 납니다. 從昨天開始發燒流鼻涕。 |

| 1128 ☐ | 꺼내다 | （끄집다 拿＋내다 出）動 拿出來 |
| | | 가방에서 책을 꺼냈습니다. 從包包把書拿出來。 |

| 1129 ☐ | 소리내다 | （소리 音＋내다 出）動 出聲音 |
| | | 이 악기는 좋은 소리를 냅니다. 這個樂器發出很好的聲音。 |

| 1130 ☐ | 그만두다 | （그만 到此＋두다 放）動 放下；辭職 |
| | | 오늘부터 일을 그만두었습니다. 從今天起請辭工作。 |

▶ 가다 去、走

| 1131 ☐ | 가지고 가다 | （가지다 拿＋가다 走＝가져가다）動 拿走、帶走 |
| | | 날씨가 추우니까 장갑을 가지고 가세요. 因為外面很冷，手套請帶走。 |

| 1132 ☐ | 걸어가다 [거러가다] | （걷다 走＋가다 去）動 走路去 |
| | | 집에서 회사까지 걸어갑니다. 從家走路去公司。 |

| 1133 ☐ | **데려가다** | （데리다 帶＋가다 走）**動** 帶走（對人或動物） |
| | | 산책하러 갈 때 강아지도 같이 데려갑니다.　散步時小狗也一起帶去。 |

| 1134 ☐ | **돌아가다**
[도라가다] | （돌다 轉＋가다 走）**動** 回去、返回 |
| | | 어제 밤 10시에 퇴근해서 집에 돌아갔습니다.　昨天晚上10點下班回家。 |

| 1135 ☐ | **두고 가다** | （두다 放＋가다 去）忘了帶 |
| | | 책상 위에 휴대 전화를 두고 학교에 갔습니다.
把手機放在桌上（忘了帶）去學校。 |

| 1136 ☐ | **내려가다** | （내리다 下＋가다 去）**動** 下去 |
| | | 여자 옷을 사려면 아래로 내려가세요.　要買女生衣服的話請下樓去。 |

| 1137 ☐ | **빌려가다** | （빌리다 借＋가다 走）**動** 借走 |
| | | 이 책은 이미 다른 학생이 빌려갔습니다.　這本書已經被別的學生借走了。 |

| 1138 ☐ | **올라가다** | （오르다 上＋가다 去）**動** 上去 |
| | | 30층으로 올라가면 아름다운 경치를 볼 수 있습니다.
如果上到30樓，可以看到漂亮的景觀。 |

| 1139 ☐ | **지나가다** | （지나다 過＋가다 走）**動** 經過 |
| | | 은행은 사거리를 지나가서 오른쪽에 있습니다.
經過十字路口後右邊有銀行。 |

| 1140 ☐ | **찾아가다**
[차자가다] | （찾다 找＋가다 去）**動** 去找 |
| | | 학생증을 만들려면 3층 사무실로 찾아가세요.
如果要辦學生證，請去找3樓的辦公室。 |

▶ 오다 來

| 1141 ☐ | **갔다 오다**
[갇따 오다] | （가다 去＋오다 來）去了……回來 |
| | | 학교에 갔다 오면 엄마는 맛있는 간식을 해 주십니다.
去學校回來後，媽媽為我做了好吃的點心。 |

| 1142 ☐ | **가져오다** | （가지다 帶＋오다 來）**動** 帶來 |
| | | 지난번에 친구에게 빌린 책을 오늘 가져왔습니다.
今天帶來了上一次跟朋友借的書。 |

| 1143 ☐ | **걸어오다**
[거러오다] | （걷다 走＋오다 來）**動** 走過來 |
| | | 저기 영수 씨가 걸어오고 있습니다.　英秀先生從那裡走過來。 |

| 1144 ☐ | **내려오다** | （내리다 下＋오다 來）**動** 下來 |
| | | 거기는 위험하니까 아래로 내려오세요.
因為那裡很危險，所以請下來。 |

| 1145 ☐ | **놓고 오다**
[노코오다] | （놓다 放＋오다 來）忘了帶回來 |
| | | 아침에 비가 안 와서 우산을 집에 놓고 왔습니다.
早上沒有下雨，所以雨傘放在家裡沒有帶來。 |

1146 들어오다 [드러오다] （들다 入＋오다 來）動 進來
방에 들어오면 좋은 냄새가 납니다. 進來房間有很香的味道。

1147 돌아오다 [도라오다] （돌다 轉＋오다 來）動 返、回來
밖에서 돌아오면 먼저 손을 씻습니다. 從外面回來先洗手。

1148 잠오다 （잠 睡＋오다 來）想睡、睏
어제 너무 늦게 자서 지금 잠이 옵니다.
因為昨天太晚睡，所以現在很睏。

1149 찾아오다 [차자오다] （찾다 找＋오다 來）動 來找、取回
지하철역에 놓고 온 물건을 찾아왔습니다.
在地下鐵站忘了帶來的東西就取回來了。

1150 올라오다 （오르다 上＋오다 來）動 上來
주말마다 운동을 하려고 산에 올라옵니다.
每個週末（把）上來山上當運動。

▶ 주다 給・보다 看・들다 入

1151 도와주다 （돕다 幫忙＋주다 給）動 幫忙
수미는 친구가 많아서 도와주는 사람도 많습니다.
秀美有很多朋友，幫她很多忙。

1152 따라다니다 （따르다 跟＋다니다 來往）動 跟隨
내 여동생은 항상 나를 따라다닙니다. 我妹妹總是跟著我。

1153 돌려 주다 （돌리다 轉＋주다 給）動 還
이 노트를 빌려주면 다음 주에 돌려줄게요. 如果借我筆記本下週就會還。

1154 입어 보다 [이버 보다] （입다 穿＋보다 看）動 穿看看
옷이 마음에 들면 입어 보세요. 如果喜歡這件衣服請穿看看。

1155 물어보다 [무러보다] （묻다 問＋보다 看）動 問看看
모르는 것은 선생님께 물어보세요. 有不懂的請向老師問看看。

1156 바라보다 （바라다 希望＋보다 看）動 觀看
공원에 예쁜 새가 있어서 오랫동안 바라보았습니다.
公園裡有很漂亮的鳥，所以觀看了很久。

1157 알아보다 [아라보다] （알다 認識＋보다 看）動 看出來、認出來
아이는 아빠가 오시는 것을 알아보고 뛰어갑니다.
小孩看到爸爸回家，所以跑過去。

1158 찾아보다 [차자보다] （찾다 找＋보다 看）動 找看看
모르는 단어를 사전으로 찾아보았습니다. 不懂的單字用字典找看看。

1159
□ **잠들다**

（잠 睡＋들다 入）動 入睡

오늘은 하루 종일 너무 피곤해서 일찍 잠들었습니다.

今天累了一整天，所以很早就入睡了。

1160
□ **마음에 들다**

（마음 心＋들다 進入）動 中意

오늘 백화점에서 본 치마가 너무 마음에 듭니다.

今天在百貨公司看到的裙子很喜歡。

圈選

1. 학교에 갈 때 휴대 전화를 (두고 갑니다 / 걸어 갑니다).

2. 우리 반 외국인 친구를 자주 (물어 봅니다 / 도와 줍니다).

3. 우리 어머니가 볼펜을 (가져 오셨습니다 / 내려 오셨습니다).

4. 학교에 (갔다오면 / 올라오면) 집에서 텔레비전을 봅니다.

5. 오늘은 비가 올 것 같습니다. 우산을 (가져가세요 / 내려가세요).

6. 단어를 전자 사전으로 (찾아보면 / 바라보면) 공부에 도움이 됩니다.

7. 집에 (들어올 때 / 돌아올 때) 신발을 벗어 주세요.

8. 산에 올라 갈 때는 힘들지만 (내려가기 / 데려가기)는 쉽습니다.

9. 아이의 눈을 보니까 (잠 오는 것 / 잠 드는 것) 같아요.

10. 집에 노트를 (두고 왔습니다 / 가지고 왔습니다).

答案請見（P.218）

Self-Check需要加強的單字請打 ✓

☐ 1161. 보이다	☐ 1175. 익히다	☐ 1189. 켜지다
☐ 1162. 끓이다	☐ 1176. 읽히다	☐ 1190. 써지다
☐ 1163. 끝내다	☐ 1177. 들리다	☐ 1191. 길어지다
☐ 1164. 모이다	☐ 1178. 열리다	☐ 1192. 만들어지다
☐ 1165. 바뀌다	☐ 1179. 올리다	☐ 1193. 알려지다
☐ 1166. 붙이다	☐ 1180. 알리다	☐ 1194. 좋아지다
☐ 1167. 죽이다	☐ 1181. 팔리다	☐ 1195. 짧아지다
☐ 1168. 줄이다	☐ 1182. 풀리다	☐ 1196. 넘어지다
☐ 1169. 쓰이다	☐ 1183. 흔들리다	☐ 1197. 없어지다
☐ 1170. 먹이다	☐ 1184. 울리다	☐ 1198. 가게 하다
☐ 1171. 높이다	☐ 1185. 늘리다	☐ 1199. 먹게 하다
☐ 1172. 막히다	☐ 1186. 남기다	☐ 1200. 밝게 하다
☐ 1173. 입히다	☐ 1187. 외워지다	
☐ 1174. 좁히다	☐ 1188. 지워지다	

🔊 MP3-30

被動詞‧使役動詞

通常一般動詞或形容詞接「-아/어지다」；「-하다」動詞中名詞後面接「-되다」意思變被動，使用「-게 하다」或「-시키다」時，意思變使役動詞。無論被動或使動，基本上跟原型的動詞長得很像，也有語幹後面出現「-이-、-히-、-리-、-기-」型。

需要加強的單字請打 ✓

1161 ☐ **보이다**
（보다 看）被 看得見；使 給……看
우리 집에서 친구 집이 보입니다. 從我家看得到朋友的家。
저에게 그 사진을 보여 주세요. 給我看那張照片。

1162 ☐ **끓이다** [끄리다]
（끓다 滾、煮）使 讓滾、讓煮
물을 100도까지 끓이세요. 讓水煮到100度。

1163 ☐ **끝내다** [끈내다]
（끝나다 結束、完成）使 讓……結束、讓……完成
숙제를 이미 다 끝냈어요. 作業已經完成。

1164 ☐ **모이다**
（모으다 收集）被 被收集、集合
학교 정문 앞에서 모이겠습니다. 在學校正門集合。

1165 ☐ **바뀌다**
（바꾸다 換）被 被換
학교에서 모자가 서로 바뀌었습니다. 帽子在學校被換了。

1166 ☐ **붙이다** [부치다]
（붙다 貼）被 被貼
여기에 사진을 붙이겠습니다. 照片被貼在這裡。

1167 ☐ **죽이다** [주기다]
（죽다 死）被 被殺
곤충도 죽이면 안됩니다. 昆蟲也不可以被殺。

1168 ☐ **줄이다** [주리다]
（줄다 減少）被 減少
바지가 기니까 줄여서 입으세요. 因為褲子太長，請修短再穿。

1169 ☐ **쓰이다**
（쓰다 使用）被 被使用
이 약은 많은 사람들에게 쓰입니다. 這個藥被很多人使用。

1170 ☐ **먹이다** [머기다]
（먹다 吃）使 讓……吃
아기에게 부드러운 음식을 먹이세요. 讓寶寶吃軟的食物。

1171 ☐ **높이다** [노피다]
（높다 高）使 升高
안 들리니까 라디오 소리를 더 높여 주세요.
聽不到廣播，請調高音量。

1172 ☐ **막히다** [마키다]
（막다 塞）被 被塞
이 도로는 좁아서 출퇴근 시간에 항상 길이 막힙니다.
這條路很窄，所以上下班時間總是很塞。

1173 ☐ **입히다** [이피다]
(입다 穿) 便 讓……穿
파란색 옷을 여자 아이에게 입혔습니다. 讓女孩穿藍色的衣服。

1174 ☐ **좁히다** [조피다]
(좁다 窄) 便 讓……靠近
이야기를 더 많이 해서 사이를 좁히세요.
多聊天讓（兩個人的）關係更親密。

1175 ☐ **익히다** [이키다]
(익다 熟) 便 使……熟
고기가 덜 익었으니까 더 익히세요. 肉還沒熟，讓它更熟些。

1176 ☐ **읽히다** [일키다]
(읽다 讀) 被 被……讀
이 소설책은 전 세계 사람들에게 읽히고 있습니다.
這本小說正被全世界的人閱讀。

1177 ☐ **들리다**
(듣다 聽) 被 被聽到
아침에 알람 시계 소리가 들립니다. 早上聽到鬧鐘的聲音。

1178 ☐ **열리다**
(열다 開) 被 被開
방문이 열렸습니다. 房間的門被開了。

1179 ☐ **올리다**
(오르다 提高) 便 使提高
정부가 물가를 올렸습니다. 政府使物價提高。

1180 ☐ **알리다**
(알다 知道) 便 讓知道
집 주소를 알려 주세요. 讓我知道住家地址。

1181 ☐ **팔리다**
(팔다 賣) 被 被賣
안쓰는 자동차가 팔렸습니다. 不再使用的車被賣了。

1182 ☐ **풀리다**
(풀다 解開) 被 被解開
운동화 끈이 풀렸습니다. 運動鞋帶被解開了。

1183 ☐ **흔들리다**
(흔들다 揮) 被 晃動
속도가 빨라서 버스가 흔들립니다. 速度太快，所以公車很晃。

1184 ☐ **울리다**
(울다 哭) 便 讓……哭
재미로 아이를 울렸습니다. 因為有趣把小孩逗哭了。

1185 ☐ **늘리다**
(늘다 增加、提高) 便 使……增加、使……提高
올해에 한국어 실력을 더 늘려야 합니다. 今年必須使韓文能力提高。

1186 ☐ **남기다**
(남다 留) 便 讓留、讓保留；動 留
음식을 다 먹지 않고 남겼습니다. 食物沒有吃完（讓）留下來。

1187 외워지다
（외우다 背）被 背起來
시디를 많이 들으면 금방 외워집니다. 聽了很多遍光碟，很快就背起來。

1188 지워지다
（지우다 刪除、擦）被 被刪除、被擦
연필은 금방 지워집니다. 鉛筆容易被擦掉。

1189 켜지다
（켜다 開）被 被開
이 등은 사람이 오면 자동으로 켜집니다. 這個電燈，人來了會自動打開。

1190 써지다
（쓰다 寫）被 被寫
이 볼펜은 아주 부드럽게 써집니다. 這支原子筆寫起來很滑順。

1191 길어지다
[기러지다]
（길다 長）被 變長、拉長
오전보다 줄이 더 길어졌습니다. 隊伍比上午排得更長。

1192 만들어지다
[만드러지다]
（만들다 製作）被 被製作
이 작품을 잘 만들어졌습니다. 這個作品製作得很好。

1193 알려지다
（알다 知道）被 被通知、變有名
이 사람은 노래를 잘 해서 사람들에게 잘 알려졌습니다.
因為這個人很會唱歌，因此很快變得有名。

1194 좋아지다
[조아지다]
（좋다 好）被 變好
운동을 많이 해서 아픈 몸이 거의 좋아졌습니다.
多運動，不舒服的身體幾乎變好了。

1195 짧아지다
[짤바지다]
（짧다 短）被 變短
아이가 자라서 옷이 짧아졌습니다. 小孩長大了，衣服變短了。

1196 넘어지다
[너머지다]
（넘다 倒）動 跌倒、倒下
겨울에 눈이 오면 넘어지기 쉽습니다. 冬天下雪的時候容易跌倒。

1197 없어지다
[업써지다]
（없다 沒有）被 被消除
휴대 전화를 의자 위에 올려놓았는데 없어졌습니다.
把手機放在椅子上卻不見了。

1198 가게 하다
（가다 去）使 讓去
놀이 동산에 가게 하세요. 到遊樂園去。

1199 먹게 하다
[먹께하다]
（먹다 吃）使 讓……吃
초콜렛과 사탕도 먹게 해 주세요. 巧克力和糖果也給她吃了。

1200 밝게 하다
[발께하다]
（밝다 亮）使 變亮
책을 보는 방을 더 밝게 해 주세요. 讓看書的房間變更亮。

小測驗

1. 이 동네의 교통은 더 (   ).
   ① 편리해졌습니다
   ② 편리하게 했습니다
   ③ 편립니다
   ④ 편리졌습니다

2. 새 한국어능력시험은 문제가 (   ).
   ① 높아졌습니다　　② 지워졌습니다
   ③ 어려워졌습니다　④ 올렸습니다

3. 이 집에서 학교 종소리가 (   )?
   ① 늘립니까　　　　② 보입니까
   ③ 없어집니까　　　④ 들립니까

4. 미용실에서 파마를 하니까 머리카락이
   (   ).
   ① 넓게 했습니다　② 길어졌습니다
   ③ 예쁘게 했습니다　④ 짧아졌습니다

5. 여러 번 보면 모르는 단어가 (   ).
   ① 알게 합니다　　② 외워집니다
   ③ 보게 합니다　　④ 없어집니다

6. 보고서 내용이 컴퓨터에서 (   ).
   ① 없어졌습니다　　② 좋아졌습니다
   ③ 올려졌습니다　　④ 짧아졌습니다

7. 집이 (   ) 그 돈으로 세계 여행을
   가려고 합니다.
   ① 팔게 하면　　　② 열게 하면
   ③ 팔리면　　　　　④ 열리면

8. 한국어 실력을 (   ) 있습니다.
   ① 올릴 수　　　　② 올리게
   ③ 올려지게　　　　④ 오르게

答案請見（P.218）

小測驗解答

索引

・ DAY 1 ・

填字

			3.회	D.학	5.교
1.계	절		E.사	무	실
획					
	2.병				6.혼
B.공	원		4.시	F.모	자
		C.화	장	품	

填空

1. 날씨　今天（天氣）很好。
2. 내일　（明天）會下雨。
3. 취미　我的（興趣）是運動。
4. 근처　這裡（附近）有郵局嗎？
5. 공원　週末在（公園）散步。

・ DAY 2 ・

填字

		2.미		4.생		6.연	필
		술	D.휴	일		극	
B.박	물	관					
			E.부	5.모	님		
1.음	료	수		양			
악					F.피	7.아	노
		3.사	진			침	
		과					

填空

1. 어제　（昨天）和朋友一起去了超市。
2. 오늘　（今天）要在學校學日文。
3. 직접　這件衣服是我（親自）在市場買的。
4. 여행　下次休假時要出國（旅行）。
5. 색깔　這個包包的設計和（顏色）都好。

• DAY 3 •

填字

	1.과	일		E.등	6.산	
B.상	자				책	
			4.신	문		
2.우	리		발			
체		3.공		5.바	7.지	금
국		C.기	분	다	하	
					철	

填空

1. 곳　搭地下鐵的（地方）在哪裡？
2. 경치　景福宮的（風景）很美。
3. 위치　請告知辦公室的（位置）。
4. 밖　（外面）雖然很冷，但裡面很溫暖。
5. 며칠　去歐洲（幾天）？

• DAY 4 •

填字

A.외	1.국	어		C.습	6.관	
	적		4.남		광	
		B.의	자			
2.학	원			5.아	7.기	
생		3.시	험	파	간	
증		골		트		

填空

1. 춤　每週在社團跳（舞）。
2. 앞　學校（前面）有超市。
3. 잠　從昨天開始因為身體不舒服所以不太能（睡）。
4. 약　在藥局買感冒（藥）。
5. 때　放假（時）回故鄉休息。

• DAY 5 •

填字

A.도	1.서	2.관		C.자	6.전	거	
	B.점	심			자		
					사		
3.시	간		D.휴	대	전	7.화	
계		4.종		5.인		E.장	갑
	F.이	야	기		실		

填空

1. 다음　（下）週要去博物館。
2. 사전　不懂的話請查（字典）。
3. 나라　經常去別的（國家）出差。
4. 소포　朋友用（包裹）寄故鄉的食物。
5. 행복　和家人在一起很（幸福）。

• DAY 6 •

填字

1.소	금		5.연				7.식
풍		B.공	휴	일		D.역	사
			4.동			6.놀	
2.주	위		C.아	르	바	이	트
부		3.문	리				
	A.이	제					

填空

1. 배우　朋友想要當（演員）。
2. 이름　請在這裡寫電話號碼及（名字）。
3. 입학　3月（入）大學。
4. 고기　我父親比起蔬菜更喜歡（肉）。
5. 국적　我們班外國朋友們的（國籍）都不同。

• DAY 7 •

填字

1. 이	A. 사	하	B. 다		
	다		니		
		2. 걷	다	C. 기	
3. D. 수	업	하	다	다	
영			4. 빌	리	다
하		E. 보		다	
다	5. 오	다			

填空

1. 부쳤어요 　昨天去郵局（寄）信。

2. 주었어요 / 줬어요 / 주셨어요 　上星期父親買（給）我生日禮物。

3. 받았어요 　今天（收到）父親的生日禮物。

4. 만들었어요 / 만드셨어요 　母親（做了）生日蛋糕。

• DAY 8 •

填字

	1. 걸		B. 부	2. 치	다
A. 그	리	다		다	
	다				
		3. 웃			
4. C. 모	르	다		6. 드	
으			5. D. 내	리	다
다			다	다	

填空

1. 예약해요 　下個月要去韓國。（預約了）機票。

2. 이용해요 　去國外時總是（利用）飛機。

3. 필요해요 　去國外旅行時（需要）護照。

4. 설명해 　想要辦護照。請（說明）辦護照的方法。

• DAY 9 •

填字

1.가	깝	다		3.다			4.행	
볍			C.빠	르	다		복	
다		B.비	2.싸	다		D.편	하	다
			다				다	

填空

1. 맑아요　昨天下雨，今天天氣（晴）。
2. 넓어요　學校的運動場很（寬敞）。
3. 밝아요　我房間窗戶很大，所以總是很（明亮）。
4. 짧아요　我弟弟的褲子對我來說太（短）了。

• DAY 10 •

填字

1.언		제		나	4.너	
제					5.무	엇
		3.자			슨	
2.아		주			6.모	든
직					두	

填空

1. 모든　我學校的學生（都）是台灣人。
2. 무슨　今天晚餐要吃（什麼）？
3. 무엇　書桌旁邊有（什麼）？
4. 모두　這本書（所有）的內容很有趣。

• DAY 11 •

小測驗

1. ④　住家前面有（便利商店）。真方便。
2. ②　因為很會畫畫。所以（參加）美術比賽。
3. ③　去了公園。花（很美）。
4. ①　進了房間。書桌（上）有花。
5. ①　去了銀行。（超市）在銀行旁邊。
6. ③　下雨了。無法開（戶外）音樂會。
7. ③　人很多。路（很複雜）。
8. ④　因為要搭地下鐵。所以去（地下鐵站）。

• DAY 12 •

小測驗

1. ①演出場地　唱歌。也跳舞。
2. ②文具店　賣鉛筆。也賣原字筆。
3. ③韓式餐廳　有拌飯。也有烤肉。
4. ④廚房　有冰箱。可以做料理。
5. ②站　有火車。人們搭火車。
6. ①寄宿費　住在別人的家。要付錢。
7. ①背包旅行　行李很少。觀光很多地方。
8. ④派對　人們都參加。很有趣。

• DAY 13 •

小測驗

1. ②　沒有手機。使用（公用電話）。
2. ①　因為腳痛，坐在椅子上。太（舒服）。
3. ④　喝茶。（桌子）上也吃飯。
4. ①　夏天太熱了。（冷氣）很涼快。
5. ③　今天是幾號？看（月曆）。
6. ④　運動比賽。穿（運動鞋）。
7. ③　想聽音樂。聽（CD）。
8. ①　在房間。衣服在（衣櫃）裡面。

• DAY 14 •

圈選

1. 다양한　花店有很多（各式各樣）的花。
2. 양복　有重要的事。穿（西裝）去。
3. 나무　公園有很多花和（樹木）。
4. 한복　新年穿（韓服）去拜年。
5. 정리하면　如果家裡打掃（整理好），心情會很好。
6. 노트북　因為這台（筆記型電腦）很方便，所以就買了。
7. 상　因為很會唱歌，所以得了（獎）。
8. 사이즈, 환불　這件衣服（大小）不合。請（退錢）給我。

• DAY 15 •

填字

		1. 오	미	자	차		7. 샌	
A. 사		이	다				드	
					5. 냉		위	
		2. 상		D. 라	면		F. 치	즈
B. 고		추						8. 설
			E. 맥	4. 주		G. 설	렁	탕
C. 잡		3. 채		스		6. 갈		
		소			H. 비	빔	밥	

· DAY 16 ·

填字

	1.달			5.할	6.언	8.의	자
A.소	리		B.어	머	니	미	
	다			니			
			4.뚱		7.대	부	분
			뚱		회		
2.부	3.지	런	하	다		9.세	제
부	우		다			C.일	기
	개						

· DAY 17 ·

填字

	1.외					7.강	
A.싸	우	다		5.성	공	하	다
	다			격		다	
2.문	화		4.아	이		8.실	력
의			주			C.수	술
	3.방		머	6.생	신		
B.주	문		니	활			

• DAY 18 •

填字

A. 관	1. 심		3. 아	저	씨		9. 애
	심		내			F. 주	인
	하			7. 인			
	다	C. 파	4. 마		E. 사	8. 귀	다
			음			엽	
	2. 어					다	
B. 달	리	기	5. 선	6. 사			
	다		D. 배	고	프	다	

• DAY 19 •

填字

	1. 태		C. 유	5. 학		10. 간
	어			기		호
A. 아	나	운	서		7. 미	용	사
	다			D. 한	국	
				6. 교		9. 연
	2. 영		4. 세	수		예	11. 전
B. 외	국	3. 인	상		8. 주	인	공
		도			민	

• DAY 20 •

填字

	1.추	억		5.반			
A.믿	다			E.대	신		
		3.여	4.참				8.키
B.잘	생	기	다				우
		저		F.재	7.미	없	다
	C.이	기	다			리	
2.기				6.교			
D.회	비			G.환	자		

• DAY 21 •

小測驗

1.②足球　球很大。用腳踢。

2.①感冒　身體太冷。喉嚨和頭很痛。

3.④看診　去醫院。看醫生後拿了藥。

4.③喜歡　天天喝咖啡。也常常聽音樂。

5.②睡　晚上了。穿睡衣躺在床上。

6.①紅色　去銀行對面。這個紅綠燈顏色不能過馬路。

7.②穿　有襪子。也準備了鞋子。

8.①讀書、閱讀　常去書店。喜歡看書。

• DAY 22 •

小測驗

1.①　我們要珍惜自然，保護（環境）。

2.③　過了很冷的冬天，迎來溫暖的（春天）。

3.④　搬家搬到學校附近。住在（新的）村子裡。

4.③　下了很多雨之後，公園的樹木也（成長）很多。

5.③　去動物園觀賞各種（動物）。

6.②　偶爾看看頭上的（天空），心情會變好。

7.①　這家餐廳週末不（可能）預約。

8.④　在公園沒有辦法做菜。使用火很（危險）。

DAY 23

小測驗

1. ② 新年了。將（今年）的計劃寫在筆記本上。
2. ① 和媽媽一起來百貨公司。（選）了漂亮的衣服。
3. ④ 和學校同學一起寫作業。兩人（分）一組。
4. ② 準備考試。從（簡單）的部分開始念。
5. ① （上週）去了旅行。那時心情非常好。
6. ③ 進朋友房間。進去之前先（敲）門。
7. ④ 上星期寄信給朋友。而今天收到了（回信）。
8. ② 有很多不懂的地方。老師給我（解說）。

DAY 24

小測驗

1. ② 在博物館別（碰）展示品。
2. ① 學韓文的（目的）是什麼？
3. ④ 朋友（離開）這所學校去留學。
4. ① 吃完早餐（就）去公司。
5. ① 路上見到外國人，給他（幫助）。
6. ③ 我們公司那兩個人最（熟）。
7. ② 生日派對總共（邀請）了二十個人。
8. ① 明天要加班。所以（取消）約定。

DAY 25

小測驗

1. ④ 這是朋友的生日禮物。請幫我（包裝）。
2. ③ （總是）每天早上6點起床。
3. ① （忘記）今天約會的地點。
4. ③ 下週要考試，所以請（準備）。
5. ① 現在有一點忙，所以（等一下）打電話給我。
6. ② 這裡放行李不方便。請（搬移）這個行李。
7. ① 雖然早上天氣很好，但現在（突然）下雨了。
8. ④ 像現在一樣（一直）認真念韓文。就可以通過考試。

DAY 26

圈選

1. 첫째　和（第一個）兒子一起學韓文。
2. 즐거운　祝您旅途（愉快）。
3. 지냅니다　最近很多都市人在鄉下（過生活）。
4. 지나갑니다　火車飛快地（經過）。
5. 평소　要複習考試的話，（平常）準備比較好。
6. 계속　從早到晚（老是）喝咖啡。
7. 씩　將500元給這裡的（每）個人。
8. 관계　那兩個人的（關係）很好。
9. 알아요　（認識）今天第一次來我們學校的老師嗎？
10. 개성　從頭到尾都很有（個性）。

● DAY 27 ●

小測驗

1. ② 　今天天氣真冷。（②請給我冰咖啡）
2. ③ 　很冷而開始咳（嗽）起來，所以吃了藥。（③在公司發燒早一點下班。）
3. ① 　首爾很複雜同時要花很多生活費。（①每天開冷氣會花很多電費。）
4. ② 　一個星期前請交休假申請書。（②考試結束。請交考卷。）
5. ② 　這裡要蓋美術館。（②家附近要蓋百貨公司。）

● DAY 28 ●

小測驗

1. ③ 　①火車站　②地鐵站
2. ② 　①說謊　③韓語
3. ③ 　①大學生　②國中學生
4. ② 　①寄宿家　②小酒館
5. ① 　②洗衣間　③練習室

6. ③ 　①售票處　②諮詢處
7. ② 　①幼稚園　③動物園
8. ③ 　①圖書館　②電影院
9. ② 　①司機　③廚師
10. ① 　②認識的人　③哪位

● DAY 29 ●

圈選

1. 두고 갑니다　去學校時（不帶）手機。
2. 도와 줍니다　常常（幫忙）班上外國的朋友。
3. 가져 오셨습니다　我母親把原子筆（帶來）。
4. 갔다오면　從學校（回來）在家看電視。
5. 가져가세요　今天可能會下雨。（請帶）雨傘。

6. 찾아보면　單字用電子字典（查詢）對念書有幫助。
7. 들어올 때　（進）房子時請拖鞋。
8. 내려가기　爬上去山上很累，但（下來）容易。
9. 잠 오는 것　看到小孩的眼睛（好睏）的樣子。
10. 두고 왔습니다　筆記本（放）在家裡沒有帶來。

● DAY 30 ●

小測驗

1. ① 　這社區的交通更（方便）。
2. ③ 　新韓文檢定考試的問題（變難）了。
3. ④ 　在這個房子裡學校鈴聲會（被聽到）嗎？
4. ④ 　在美容院燙頭髮，頭髮（變短）了。

5. ② 　看了很多遍，不知道的單字就（背起來）。
6. ① 　報告書的內容在電腦上（不見）了。
7. ③ 　（賣掉）房子，用賣掉的錢打算去環遊世界。
8. ① 　可以把韓文實力（提高）。

索引：單字彙整表

ㅂ

◯

新韓檢初級TOPIK1字彙30天搶分王! / 裴英姬著. -- 初版.
-- 臺北市：日月文化, 2016.06
240面；17X23公分. -- (EZ Korea檢定；5)

ISBN 978-986-248-561-3（平裝）

1.韓語 2.詞彙 3.能力測驗

EZ Korea 檢定05

新韓檢初級 TOPIK1 字彙 30天搶分王!

作　　者：裴英姬
責任編輯：黃韻光、王彥萍
校　　對：裴英姬、蕭瑋婷、黃韻光、王彥萍
封面設計：比比司設計工作室
內頁排版：陳如琪
錄音老師：裴英姬
錄音後製：鉅家數位錄音股份有限公司

發行人：洪祺祥
副總經理：洪偉傑
副總編輯：曹仲堯
法律顧問：建大法律事務所
財務顧問：高威會計師事務所

出　　版：日月文化出版股份有限公司
製　　作：EZ叢書館
地　　址：臺北市信義路三段151號8樓
電　　話：(02) 2708-5509
傳　　真：(02) 2708-6157
客服信箱：service@heliopolis.com.tw
網　　址：www.heliopolis.com.tw
郵撥帳號：19716071日月文化出版股份有限公司

總經銷：聯合發行股份有限公司
電　　話：(02) 2917-8022
傳　　真：(02) 2915-7212

印　　刷：中原造像股份有限公司
初　　版：2016年8月
初版7刷：2024年3月
定　　價：280元
I S B N：978-986-248-561-3

Touch the world,
It's so EZ.

Touch the world,
It's so EZ.